国韵故事汇

群英会

三国故事十二则

上海图书馆 编

生活·讀書·新知 三联书店

图书在版编目(CIP)数据

群英会:三国故事十二则/上海图书馆编.
—北京:生活·读书·新知三联书店,2017.12
(国韵故事汇)
ISBN 978 – 7 – 108 – 06148 – 5

Ⅰ.①群… Ⅱ.①上… Ⅲ.①历史故事 – 作品集 – 中国 Ⅳ.①I247.81

中国版本图书馆 CIP 数据核字(2017)第 279285 号

责任编辑 成 华 刁俊娅
封面设计 刘 俊
责任印刷 黄雪明
出版发行 生活·讀書·新知 三联书店
　　　　(北京市东城区美术馆东街 22 号)
邮　编 100010
印　刷 常熟文化印刷有限公司
版　次 2017 年 12 月第 1 版
　　　　2017 年 12 月第 1 次印刷
开　本 650 毫米 ×900 毫米 1/16 印张 10
字　数 86 千字
定　价 29.00 元

编者的话

本丛书原为上海图书馆所藏、于 20 世纪上半叶由大众书局刊行的"故事一百种",其内容多选自《东周列国志》《三国演义》《水浒传》《隋唐演义》《说岳全传》《英烈传》等经典作品,并结合民国时期的语言、见解、习俗进行了不同程度的改写,既通俗易懂、妙趣横生,又留有一番古典韵味,是中华传统文化及语言的珍贵遗存。

初时,各则故事独成一册,畅销非常,重印达十数版之多。因各册页数较少,不易保存,今多已散佚,全国范围内,仅上海图书馆藏有较多品种。现将故事根据所述朝代重新整理分册,将竖排繁体转为横排简体,并修正了其中的漏字、错字、异体字,根据现代汉语语言规范对标点符号进行了统一处理。

为还原特定时代的故事面貌与语言韵味,编者仅就明显的语言错误做出修正,在保证文从字顺的基础上,尽可能遵照原文。书中所述历史人物与事件,或有与史实相出入处,也视为虚构文学作品予以保留,并未擅自修改。此外,还保留了原书中的全部插图,以飨读者。

目录

刘关张大战虎牢关

东汉灵帝时候，涿县楼桑村有个英雄姓刘名备，字玄德，乃中山靖王之后。生得身长八尺，面如冠玉，唇若涂脂，性宽和，喜怒不形于色，素有大志，专好结交天下豪杰。与解良人关羽（字云长）、涿郡人张飞（字翼德）在桃园结为异姓兄弟，协力同心，誓共生死。

灵帝中平年间，黄巾军张角作乱，刘备与关、张二人率领乡勇五百多名，跟涿郡太守刘焉、中郎将庐植剿击张角，颇有功劳，只因十常侍（太监）专政，有功不赏，未能大用。

灵帝崩后，十常侍虽已诛灭，却来了个西凉刺史董卓，把持朝政，残害生灵，比十常侍更加凶恶。

到了汉献帝初平初年，沛国谯郡人曹操（字孟德）看董卓专横日甚，天下切齿，乃招募义兵，矫诏召诸侯，欲共诛董卓。是时，渤海太守袁绍（字本初）得操矫诏，乃聚麾下文武，引兵三万，离渤海来与曹操会盟，又作檄文以达诸郡。各镇诸侯，遂皆起兵相应：第一镇，

刘备

后将军南阳太守袁术（字公路）；第二镇，冀州刺史韩馥；第三镇，豫州刺史孔伷；第四镇，兖州刺史刘岱；第五镇，河内太守王匡；第六镇，陈留太守张邈；第七镇，东郡太守乔瑁；第八镇，山阳太守袁遗；第九镇，济北相鲍信；第十镇，北海太守孔融；第十一镇，广陵太守张超；第十二镇，徐州刺史陶谦；第十三镇，西凉太守马腾；第十四镇，北平太守公孙瓒；第十五镇，上党太守张杨；第十六镇，乌程侯、长沙太守孙坚（字文台）；第十七镇，祁乡侯、渤海太守袁绍。

诸路军马，多少不等，有三万者，有一两万者，各领文官武将，投洛阳来。

且说北平太守公孙瓒，统领精兵一万五千，路经德州平原县。正行之间，遥见桑树丛中，一面黄旗，数骑来迎。瓒视之，乃刘玄德也。瓒问曰："贤弟何故在此？"玄德曰："旧日蒙兄保备为平原县令，今闻大军过此，特来奉候，就请兄长入城歇马。"瓒指关、张而问曰："此何人也？"玄德曰："此关羽、张飞，备结义兄弟也。"瓒曰："乃同破黄巾贼者乎？"玄德曰："皆此二人之力。"瓒曰："今居何职？"玄德答曰："关羽为马弓手，张飞为步弓手。"瓒欢曰："如此可谓埋没英雄！今董卓作乱，天下诸侯，共往诛之。贤弟可弃此卑官，一同讨贼，力扶汉室，若何？"玄德曰："愿往。"即与关、张引数骑

跟公孙瓒来,曹操接着。众诸侯亦陆续皆至,各自安营下寨,连接三百余里。

操乃宰牛杀马,大会诸侯,商议进兵之策。太守王匡曰:"今奉大义,必立盟主。众听约束,然后进兵。"操曰:"袁本初四世三公,门多故吏,汉朝名相之裔,可为盟主。"绍再三推辞。众皆曰:"非本初不可。"绍方应允。次日筑台三层,遍列五方旗帜,上建白旄黄钺,兵符将印,请绍登坛。绍整衣佩剑,慨然而上,焚香再拜,宣读盟文。读毕,歃血。歃罢,下坛。

众扶绍升帐而坐,两行依爵位、年齿分列坐定。操行酒数巡,言曰:"今日既立盟主,各听调遣,同扶国家,勿以强弱计较。"袁绍曰:"绍虽不才,既承公等推为盟主,有功必赏,有罪必罚。国有常刑,军有纪律,各宜遵守,勿得违犯。"众皆曰:"唯命是听。"绍曰:"吾弟袁术总督粮草,应付诸营,无使有缺,更需一人为先锋,直抵汜水关挑战。余各据险要,以为接应。"长沙太守孙坚出曰:"坚愿为前部。"绍曰:"文台勇烈,可当此任。"坚遂引本部人马杀奔汜水关来。

守关将士,差流星马往洛阳丞相府告急。董卓自专大权之后,每日饮宴。李儒接得告急文书,径来禀卓。卓大惊,急聚众将商议。温侯吕布(董卓义儿,字奉先)挺身出曰:"父亲勿虑。关外诸侯,布视之如草芥。愿提虎狼之师,尽斩其首,悬于都门。"卓大喜曰:"吾有奉先,高枕无忧矣!"

言未绝,吕布背后一人,高声出曰:"割鸡焉用牛刀?不劳温侯亲往。吾斩众诸侯首级,如探囊取物耳。"卓视之,其人身长九尺,虎体狼腰,豹头猿臂,关西人也,姓华,名雄。卓闻言大喜,加为骁骑校尉,拨马步军五万,同李肃、胡轸、赵岑,星夜赴关迎敌。

众诸侯内有济北相鲍信,寻思孙坚既为前部,怕他夺了头功,暗拨其弟鲍忠,先将马步军三千,径抄小路,直到关下搦战。华雄引铁骑五百,飞下关来,大喝:"贼将休走!"鲍忠急待退,被华雄手起刀落,斩于马下,生擒将校极多。华雄遣人赍鲍忠首级来相府报捷,卓加雄为都督。

却说孙坚引四将直至关前。哪四将?第一个,右北平土垠人,姓程,名普,字德谋,使一条铁脊蛇矛;第二个,姓黄,名盖,字公覆,零陵人也,使铁鞭;第三个,姓韩,名当,字公义,辽西令支人也,使一口大刀;第四个,姓祖,名茂,字大荣,吴郡富春人也,使双刀。孙坚披烂银铠,裹赤帻,横古锭刀,骑花鬃马,指关上而骂曰:"助恶匹夫,何不早降!"

华雄副将胡轸引兵五千出关迎战。程普飞马挺矛,直取胡轸。斗不数合,程普刺中胡轸咽喉,其死于马下。坚挥军直杀至关前,关上矢石如雨。孙坚带兵回至梁东屯住,使人于袁绍处报捷,于袁术处催粮。或说术曰:"孙坚乃江东猛虎,若打破洛阳,杀了董卓,正是除狼而得虎也。今不与粮,彼军必散。"术听之,不发粮草。

孙坚军缺食,军中自乱,细作报上关来。李肃为华雄谋曰:"今夜我引一军从小路下关袭孙坚寨后,将军攻其前寨,坚可擒矣。"

雄从之,传令军士饱餐,乘夜下关。是夜月白风清。到坚寨时,已是半夜,鼓噪直进。坚慌忙披挂上马,正遇华雄。两马相交,斗不数合,后面李肃军到,令军士放起火来。坚军乱窜。众将各自混战,只有祖茂跟定孙坚突围而走。背后华雄追来。坚取箭,连放二箭,皆被华雄躲过。再放第三箭时,因用力太猛,拽折了弓,只得弃弓纵马而奔。祖茂曰:"主公头上赤帻射目,为贼所识认。可脱帻与某戴之。"坚就脱帻换茂盔,分两路而走。雄军只望赤帻者追赶,坚乃从小路得脱。祖茂被华雄追急,将赤帻挂于人家烧不尽的庭柱上,却入树林潜躲。

华雄军于月下遥见赤帻,四面围定,不敢近前。用箭射之,方知是计,遂向前取了赤帻。祖茂于林后杀出,挥双刀欲劈华雄。雄大喝一声,将祖茂一刀砍于马下。杀至天明,雄方引兵上关。

程普、黄盖、韩当都来寻见孙坚,再收拾军马屯扎。坚为折了祖茂,伤感不已,星夜遣人报知袁绍。绍大惊曰:"不想孙文台败于华雄之手!"便聚众诸侯商议。众人都到,只有公孙瓒后至,绍请入帐列坐。绍曰:"前日鲍将军之弟不遵调遣,擅自进兵,杀身丧命,折了许多军士。今者孙文台又败于华雄,挫动锐气,为之奈何?"诸侯并皆不语。

绍举目遍视,见公孙瓒背后立着三人,容貌异常,都在那里冷笑。绍问曰:"公孙太守背后何人?"瓒呼玄德出曰:"此吾自幼同舍兄弟,平原令刘备是也。"曹操曰:"莫非破黄巾刘玄德乎?"瓒曰:"然。"即令刘玄德拜见。瓒将玄德功劳,并其出身,细说一遍。绍曰:"既是汉室宗派,取座来。"命坐。备逊谢,坐于末位,关、张叉手侍立于后。

忽探子来报:"华雄引铁骑下关,用长竿挑着孙太守赤帻,来寨前大骂搦战。"绍曰:"谁敢去战?"袁术背后转出骁将俞涉曰:"小将愿往。"绍喜,便着俞涉出马。即时报来:"俞涉与华雄战不三合,被华雄斩了。"众大惊。太守韩馥

曰："吾有上将潘凤，可斩华雄。"绍急令出战。潘凤手提大斧上马。去不多时，飞马来报："潘凤又被华雄斩了。"众皆失色。绍曰："可惜吾上将颜良、文丑未至！得一人在此，何惧华雄！"

言未毕，阶下一人大呼出曰："小将愿往斩华雄头，献于帐下！"众视之，见其人身长九尺，髯长二尺，丹凤眼，卧蚕眉，面如重枣，声如巨钟，立于帐前。绍问何人。公孙瓒曰："此刘玄德之弟关羽也。"绍问现居何职。瓒曰："跟随刘玄德充马弓手。"袁术大喝曰："汝欺吾众诸侯无大将耶？量一弓手，安敢乱言！与我打出！"曹操急止之曰："公路息怒。此人既出大言，必有勇略。试教出马，如其不胜，责之未迟。"袁绍曰："使一弓手出战,必被华雄所笑。"操曰:"此人仪表不俗,华雄安知他是弓手?"关公曰:"如不胜,请斩某头。"

操教酾热酒一杯,与关公饮了上马。关公曰:"酒且斟下,某去便来。"出帐提刀,飞身上马,众诸侯听得关外鼓声大振,喊声大举,如天摧地塌,岳撼山崩。众皆失惊。正欲探听,鸾铃响处,马到中军,云长提华雄之头,掷于地上。其酒尚温。

曹操大喜。只见玄德背后转出张飞,高声大叫:"俺哥哥斩了华雄,不就这里杀入关去,活拿董卓,更待何时!"袁术大怒,喝曰:"俺大臣尚自谦让,量一县令手下小卒,安敢在此耀武扬威!都与赶出帐去!"曹操曰:"得功者赏,何计贵贱乎?"袁术曰:"既然公等只重一县令,我当告退。"操曰:"岂可因一言而误大事耶?"命公孙瓒且带玄德、关、张回寨。

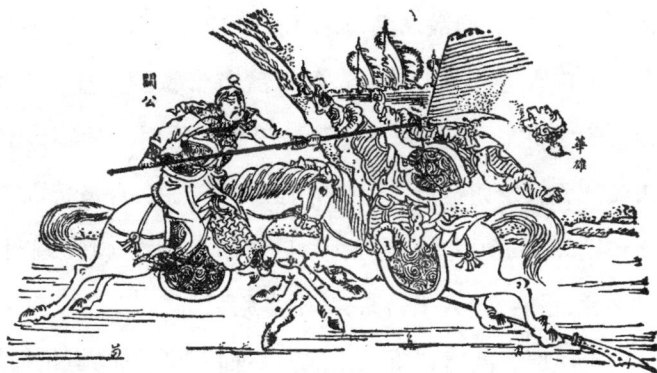

众官皆散。曹操暗使人赍牛酒抚慰三人。

却说华雄手下败军，报上关来。李肃慌忙写告急文书，申闻董卓。卓急聚李儒、吕布等商议。儒曰："今失了上将华雄，贼势浩大。袁绍为盟主，绍叔袁隗，现为太傅，倘或里应外合，深为不便，可先除之。请丞相亲领大军，分拨剿捕。"

卓然其说，唤李傕、郭汜领兵五百，围住太傅袁隗家，不分老幼，尽皆诛绝，先将袁隗首级去关前号令。卓遂起兵二十万，分为两路而来：一路先令李傕、郭汜，引兵五万，把住汜水关，不要厮杀；卓自将十五万，同李儒、吕布、樊稠、张济等守虎牢关。这关离洛阳五十里。军马到关，卓令吕布领三万大军，去关前扎住大寨。卓自在关上屯住。

流星马探听得，报入袁绍大寨里来。绍聚众商议。操曰："董卓屯兵虎牢，截俺诸侯中路，今可勒兵一半迎敌。"绍乃分王匡、乔瑁、鲍信、袁遗、孔融、张杨、陶谦、公孙瓒八路诸侯，往虎牢关迎敌。操引军往来救应。八路诸侯，各自起兵。河内太守王匡，引兵先到。吕布带铁骑三千，飞奔来迎。王匡将军马列成阵势，勒马门旗下看时，见吕布出阵：头戴三叉束发紫金冠，体挂西川红锦百花袍，身披兽面吞头连环铠，腰系勒甲玲珑狮蛮带，弓箭随身，手持画戟，坐下嘶风赤兔，果然是"人中吕布，马中赤兔"！

王匡回头问曰："谁敢出战？"后面一将，纵马挺枪而出。

匡视之，乃河内名将方悦。两马相交，无五合，方悦被吕布一戟刺于马下，吕布挺戟直冲过来。匡军大败，四散奔走。布东西冲杀，如入无人之境。幸得乔瑁、袁遗两军皆至，来救王匡，吕布方退。三路诸侯，各折了些人马，退三十里下寨。随后五路军马都至，一处商议，言吕布英雄，无人可敌。

正虑间，小校报来："吕布搦战。"八路诸侯，一齐上马。军分八队，皆在高岗遥望。吕布一簇军马，绣旗招展，先来冲阵。上党太守张杨部将穆顺，出马挺枪迎战，被吕布手起一戟，刺于马下。众大惊。北海太守孔融部将武安国，使铁锤飞马而出。吕布挥戟拍马来迎。战到十余合，一戟砍断安国手腕，弃锤于地而走。八路军兵齐出，救了武安国。吕布退回去了。众诸侯回寨商议。曹操曰："吕布英勇无敌，可会十八路诸侯，共议良策。若擒了吕布，董卓易诛。"

正议间，吕布复引兵搦战。八路诸侯齐出。公孙瓒挥槊亲战吕布。战不数合，瓒败走。吕布纵赤兔马赶来。那马日行千里，飞走如风。看看赶上，布举画戟往瓒后心便刺。旁边一将，圆睁环眼，倒竖虎须，挺丈八蛇矛，飞马大叫："三姓家奴休走！燕人张飞在此！"

吕布见了，弃了公孙瓒，便战张飞。飞抖擞精神，酣战吕布。连斗五十余合，不分胜负。云长见了，把马一拍，舞八十二斤青龙偃月刀，来夹攻吕布。三匹马丁字儿厮杀。战到三十合，战不倒吕布。刘玄德掣双股剑，骤黄鬃马，刺

斜里也来助战。

这三个围住吕布，转灯儿般厮杀。八路人马，都看得呆了。吕布架隔遮拦不定，看着玄德面上，虚刺一戟，玄德急闪。吕布荡开阵角，倒拖画戟，飞马便回。三个哪里肯舍，拍马赶来。八路军兵，喊声大震，一齐掩杀。吕布军马，往关上奔走。

玄德、关、张三人直赶吕布到关下，看见关上西风飘动青罗伞盖。张飞大叫："此必董卓！追吕布有甚强处？不如先拿董贼，便是斩草除根！"拍马上关来擒董卓。赶到关下，关上矢石如雨，不得进而回。

八路诸侯，同请玄德、关、张贺功，使人去袁绍寨中报捷。绍遂移檄孙坚，令其进兵。坚引程普、黄盖至袁术寨中相见。坚以杖画地曰："董卓与我，本无仇隙。今我奋不顾身，亲冒矢石，来决死战者，上为国家讨贼，下为将军家门之私。而将军却听谗言，不发粮草，致坚败绩，将军何安？"术惶恐无言，只得命斩进谗之人，以谢孙坚。

关公斩颜良

却说刘备被曹操带领二十万大兵，分五路攻打，打得大败，遂匹马投奔袁绍。陈登献了徐州，曹操大军入城，安民既毕，即令徐州降兵数十，投下邳诈降关公。关公以为旧兵，留而不疑。

次日，曹操又派夏侯惇为先锋，领兵五千来搦战。关公不出，惇即使人于城下辱骂。关公大怒，引三千人马出城，与夏侯惇交战。约战十余合，惇拨回马走。关公赶来，惇且战且走。关公约赶二十里，恐下邳有失，提兵便回。只听得一声炮声，左有徐晃，右有许褚，两队军截住去路。关公夺路而走，两边伏兵排下硬弩百张，箭如飞蝗。关公不得过，勒兵再回，徐晃、许褚接住交战。关公奋力杀退二人，引军欲回下邳，夏侯惇又截住厮杀。

公战至日晚，无路可归，只得到一座土山，引兵屯于山头，权且少歇。曹兵团团将土山围住。关公于山上遥望下邳城中火光冲天，却是那诈降兵卒偷开城门，曹操自提大军杀入城中，只教举火以惑关公之心。关公见下邳火起，心中

关公斩颜良

惊惶，连夜几番冲下山来，皆被乱箭射回。

挨到天晓，再欲整顿下山冲突，忽见一人跑马上山来，视之，乃张辽（字文远）也。关公迎谓曰："文远欲来相敌耶？"辽曰："非也。想故人旧日之情，特来相见。"遂弃刀下马，与关公叙礼毕，坐于山顶。公曰："文远莫非说关某乎？"辽曰："不然。昔日蒙兄救弟，今日弟安得不救兄？"公曰："然则文远将欲助我乎？"辽曰："亦非也。"公曰："既不助我，来此何干？"

辽曰："玄德不知存亡，翼德未知生死。昨夜曹公已破下邳，军民尽无伤害，差人护卫玄德家眷，不许惊扰。如此相待,弟特来报兄。"关公怒曰:"此言特说我也。吾今虽处绝地,视死如归。汝当速去,吾即下山迎战。"张辽大笑曰:"兄此言岂不为天下笑乎?"公曰:"吾仗忠义而死,安得为天下笑?"辽曰:"兄今即死,其罪有三。"公曰:"汝且说我哪三罪?"

辽曰:"当初刘使君与兄结义之时,誓同生死。今使君方败,而兄即战死,倘使君复出,欲求兄相助,而不可得,岂不负当年之盟誓乎?其罪一也。刘使君以家眷付托于兄,

兄今战死，二夫人无所依赖，负却使君依托之重。其罪二也。兄武艺超群，兼通经史，不思共使君匡扶汉室，徒欲赴汤蹈火，以成匹夫之勇，安得为义？其罪三也。兄有此三罪，弟不得不告。"

公沉吟曰："汝说我有三罪，欲我如何？"辽曰："今四面皆曹公之兵，兄若不降，则必死。徒死无益，不若且降曹公，欲打听刘使君音信，如知何处，即往投之。一者可以保二夫人，二者不背桃园之约，三者可留有用之身。有此三便，兄宜详之。"

公曰："兄言三便，我有三约。若丞相能从我，即当卸甲；如其不允，吾宁受三罪而死。"辽曰："丞相宽宏大量，何所不容？愿闻三事。"公曰："一者，吾与皇叔设誓，共扶汉室，吾今只降汉帝，不降曹操；二者，二嫂处请给皇叔俸禄养赡，一应上下人等，皆不许到门；三者，但知刘皇叔去向，不管千里万里，便当辞去。三者缺一，断不肯降。望文远急急回报。"

张辽应诺，遂上马，回见曹操，先说降汉不降曹之事。操笑曰："吾为汉相，汉即吾也。此可从之。"辽又言："二夫人欲请皇叔俸给，并上下人等不许到门。"操曰："吾于皇叔俸内，更加倍与之。至于严禁内外，乃是家法，又何疑焉？"辽又曰："但知玄德信息，虽远必往。"操摇首曰："然则吾养云长何用？此事却难从。"辽曰："岂不闻豫让'众人国士'之

论乎？刘玄德待云长不过恩厚耳。丞相更施厚恩以结其心，何忧云长之不服也？"操曰："文远之言甚当，吾愿从此三事。"

张辽再往山上回报关公，关公曰："虽然如此，暂请丞相退军，容我入城，见二嫂，告知其事，然后投降。"张辽再回，以此言报曹操。操即传令，退军至十里。关公引兵入下邳，见人民安妥不动，径到府中，来见二嫂。

甘、糜二夫人听得关公到来，急出迎之。公拜于阶下曰："使二嫂受惊，某之罪也。"二夫人曰："皇叔今在何处？"公曰："不知去向。"二夫人曰："二叔今将若何？"公曰："关某出城死战，被困土山，张辽劝我投降，我以三事相约。曹操已皆允从，故特退兵，放我入城。我不曾得嫂嫂主意，未敢擅便。"二夫人问哪三事。关公将上项三事，备述一遍。甘夫人曰："昨日曹军入城，我等皆以为必死，谁想毫发不动,一军不敢入门。叔叔既已领诺,何必问我二人?只恐日后曹操不容叔叔去寻皇叔。"关公曰:"嫂嫂放心。关某自有主张。"二夫人曰:"叔叔自家裁处,凡事不必问俺女流。"

关公辞退,遂引数十骑来见曹操。操自出辕门相接。关公下马入拜,操慌忙答礼。操曰:"素慕云长忠义,今日幸得相见,足慰平生之望。"关公曰:"文远代禀三事,蒙丞相应允,谅不食言。"操曰:"吾言既出,安敢失信!"关公曰:"关某若知皇叔所在,虽蹈水火,必往从之。此时恐不及拜辞,伏乞见原。"操曰:"玄德若在,必从公去,但恐乱军中亡矣。公且宽心,尚容缉听。"

关公拜谢。操设宴相待。次日班师还许昌,关公收拾车仗,请二嫂上车,亲自护车而行。既到许昌,操拨一府与

关公居住。关公分一宅为两院，内门拨老军十人把守。关公自居外宅。操引关公朝见献帝，帝命为偏将军。公谢恩归宅。

操次日设大宴，会众谋臣武士，以客礼待关公，延之上座，又备绫锦及金银器皿相送。关公都送与二嫂收贮。关公自到许昌，操待之甚厚，小宴三日，大宴五日，又送美女十人，使侍关公。关公尽入内门，令服侍二嫂，却又三日一次于内门外躬身施礼，动问二嫂安否。二夫人回问皇叔之事毕，曰"叔叔自便"，关公方敢退回。操闻之，又叹服关公不已。

一日，操见关公所穿绿锦战袍已旧，即度其身品，取异锦作战袍一领相赠。关公受之，穿于衣底，上仍用旧袍罩之。操笑曰："云长何如此之俭乎？"公曰："某非俭也。旧袍乃刘皇叔所赐，某穿之如见兄面，不敢以丞相之新赐而忘兄长之旧赐，故穿于上。"操叹曰："真义士也！"然口虽称羡，心实不悦。

一日，关公在府，忽报："内院二夫人哭倒于地，不知为何，请将军速入。"关公乃整衣跪于内门外，问二嫂为何悲泣。甘夫人曰："我夜梦皇叔身陷于土坑之内，觉来与糜夫人论之，想在九泉之下矣！是以相哭。"关公曰："梦寐之事，不可凭信。此是嫂嫂想念之故。请勿忧愁。"

正说间，适曹操命使来请关公赴宴。公辞二嫂，往见操。操见公有泪容，问其故。公曰："二嫂思兄痛哭，不由某心不悲。"操笑而宽解之，频以酒相劝。公醉，自绰其髯而言曰："生不能报国家，而背其兄，徒为人也！"操问曰："云长髯有数乎？"公曰："约数百根。每秋月约退三五根。冬月多以皂纱囊裹之，恐其断也。"操以纱锦作囊，与关公护髯。次日，早朝见帝。帝见关公一纱锦囊垂于胸次，问之。关公奏曰："臣髯颇长，丞相赐囊贮之。"帝令当殿披拂，过于其腹。帝曰："真美髯公也！"因此人皆呼为"美髯公"。

忽一日，操请关公宴。临散，送公出府，见公马瘦，操曰："公马因何而瘦？"关公曰："贱躯颇重，马不能载，因此常瘦。"操令左右备一马来。须臾牵至。那马身如火炭，状甚雄伟。操指曰："公识此马否？"公曰："莫非吕布所骑赤兔马乎？"操曰："然也。"遂并鞍辔送与关公。关公再拜称谢。操不悦曰："吾累送美女金帛，公未尝下拜，今吾赠马，乃喜而再拜，何贱人而贵畜耶？"关公曰："吾知此马日行千里，今幸得之，若知兄长下落，可一日而见面矣。"操愕然而悔。

操问张辽曰："吾待云长不薄，而彼常怀去心，何也？"辽曰："容某探其情。"次日，往见关公。礼毕，辽曰："我荐兄在丞相处，不曾落后。"公曰："深感丞相厚意，只是吾身虽在此，心念皇叔，未尝去怀。"辽曰："兄言差矣。处世不分轻重，非丈夫也。玄德待兄，未必过于丞相，兄何故只怀去志？"公曰："吾固知曹公待吾甚厚，奈吾受刘皇叔厚恩，誓以共死，不可背之。吾终不留此。要必立功以报曹公，然后去耳。"辽曰："倘玄德已弃世，公何所归乎？"公曰："愿从于地下。"

辽知公终不可留，乃告退，回见曹操，具以实告。操叹曰："事主不忘其本，乃天下之义士也！"荀彧曰："彼言立功方去，若不教彼立功，未必便去。"操然之。

却说玄德在袁绍处，且夕烦恼。绍曰："玄德何故常忧？"玄德曰："二弟不知音耗，妻小陷于曹贼，上不能报国，下不能保家，安得不忧？"绍曰："吾欲进兵赴许都久矣。方今春暖，正好兴兵。"便商议破曹之计。田丰谏曰："前操攻徐州，许都空虚，不及此时进兵。今徐州已破，操兵方锐，未可轻视。不如以久持之，待其有隙而后可动也。"

绍曰："待我思之。"因问玄德曰："田丰劝我固守，何如？"玄德曰："曹操欺君之贼，明公若不讨之，恐失大义于天下。"绍曰："玄德之言甚善。"遂兴兵。遣大将颜良做先锋，进攻白马。沮授谏曰："颜良性狭，虽骁勇，不可独任。"绍曰："吾之上将，非汝等可料。"大军进发至黎阳，东郡太守刘延告急许昌。曹操急议兴兵抵敌。关公闻知，遂入府见操曰："闻丞相起兵，某愿为前部。"操曰："未敢烦将军。早晚有事，当来相请。"关公乃退。操引兵十五万，分三队而行。于路又连接刘延告急文书，操先提五万军亲临白马，靠土山扎住。遥望山前平川旷野之地，颜良前部精兵十万，排成阵势。操骇然,回顾吕布旧将宋宪曰:"吾闻汝乃吕布部下猛将,今可与颜良一战。"

宋宪领诺,绰枪上马,直出阵前。颜良横刀立马于门旗下,见宋宪马至,良大喝一声,纵马来迎。战不三合,手起刀落,斩宋宪于阵前。曹操大惊曰:"真勇将也!"魏续曰:"杀我同伴,愿去报仇!"操许之。续上马持矛,径出阵前,大骂颜良。良更不打话,交马一合,照头一刀,劈魏续于马下。操曰:"今谁敢挡之?"徐晃应声而出,与颜良战二十合,败归本阵。诸将栗然。曹操收军,良亦引军退去。

操见连折二将,心中忧闷。程昱曰:"某举一人可敌颜良。"操问是谁。昱曰:"非关公不可。"操曰:"吾恐他立了功便去。"昱曰:"刘备若在,必投袁绍。今若使云长破袁绍之兵,绍必疑刘备而杀之矣。备既死,云长又安往乎?"操大喜,遂差人去请关公。关公即入辞二嫂。二嫂曰:"叔今此去,可打听皇叔消息。"

关公领诺而出,提青龙刀,上赤兔马,引从者数人,直至白马,来见曹操。操叙说颜良连诛二将,勇不可当,特请云长商议。关公曰:"容某观之。"操置酒相待。忽报颜良搦战,操引关公上土山观看。操与关公坐,诸将环立。曹操指山下颜良排的阵势,旗帜鲜明,枪刀森布,严整有威,乃谓关公曰:"河北人马,如此雄壮!"关公曰:"以吾观之,如土鸡瓦犬耳!"操又指曰:"麾盖之下,绣袍金甲,持刀立马者,乃颜良也。"关公举目一望,谓操曰:"吾观颜良,如插标卖首耳!"操曰:"未可轻视。"关公起身曰:"某虽不才,愿去万军中取其首级,来献丞相。"张辽曰:"军中无戏言,云长不可忽也。"

关公奋然上马,倒提青龙刀,跑下山来。凤目圆睁,蚕眉直竖,直冲彼阵。河北军如波开浪裂。关公径奔颜良。颜良正在麾盖下,见关公冲来,方欲问时,关公赤兔马快,早已跑到面前。颜良措手不及,被云长手起一刀,刺于马下。忽地下马,割了颜良首级,拴于马项之下,飞身上马,提刀出阵,如入无人之境。河北兵将大惊,不战自乱。曹军乘势攻

击，死者不可胜数，马匹器械，抢夺极多。关公纵马上山，众将尽皆称贺。公献首级于操前。操曰："将军真神人也！"关公曰："某何足道哉！吾弟张翼德，于百万军中取上将之头，如探囊取物耳。"操大惊，回顾左右曰："今后如遇张翼德，不可轻敌。"令写衣袍襟底以记之。

却说颜良败军奔回，半路迎见袁绍，报说被赤面长须使大刀一勇将，匹马入阵，斩颜良而去，因此大败。绍惊问曰："此人是谁？"沮授曰："此必是刘玄德之弟关云长也。"绍大怒，指玄德曰："汝弟斩吾爱将，汝必通谋，留你何用！"唤刀斧手推出玄德斩之。玄德从容进曰："明公只听一面之词，而绝向日之情耶？备自徐州失散，二弟云长，未知存否。天下同貌者不少，岂赤面长须之人，即为关某也？明公何不察之？"袁绍是个没主张的人，闻玄德之言，责沮授曰："误听汝言，险杀好人。"遂仍请玄德上帐坐，议报颜良之仇。帐下一人应声而进曰："颜良与我如兄弟，今被曹贼所杀，我安得不泄其恨？"

玄德视其人，身长八尺，面如獬豸，乃河北名将文丑也。袁绍大喜曰："非汝不能报颜良之仇，吾与十万军兵，便渡黄河，追杀曹贼。"

玄德曰："备蒙大恩，无可报效，意欲与文将军同行，一者报明公之德，二者就探云长的实信。"绍喜，唤文丑与玄德同领前部。文丑曰："刘玄德屡败之将，于军不利。既主公要他去时,某分三万军,教他为后部。"于是文丑自领七万军先行,令玄德引三万军随后。

且说曹操见云长斩了颜良,倍加钦敬,表奏朝廷,封云长为汉寿亭侯,铸印送关公。忽报袁绍又使大将文丑渡黄河,已据延津之上。操乃先使人移徙居民于西河,然后自领兵迎之,传下将令,以后军为前军,以前军为后军,粮草先行,军兵在后。吕虔曰:"粮草在先,军兵在后,何意也?"操曰:"粮草在后,多被剽掠,故令在前。"虔曰:"倘遇敌军劫去,如之奈何?"操曰:"且待敌军到时,却又理会。"虔心疑未决。

操令粮食辎重,沿河堑至延津。操在后军,听得前军发喊,急教人看时,报说:"河北大将文丑兵至,我军皆弃粮草,四散奔走。后军又远,将如之何?"操以鞭指南阜曰:"此可暂避。"人马急奔土阜。操令军士皆解衣卸甲少歇,尽放其马。文丑军掩至。众将曰:"贼至矣! 可急收马匹,退回白马!"荀攸急止之曰:"此正可以饵敌,何故返退?"操急以目视荀攸而笑。攸知其意,不复言。

文丑军既得粮草车仗,又来抢马。军士不依队伍,自相杂乱。曹操却令军将一齐下土阜击之,文丑军大乱。曹兵围裹将来。文丑挺身独战,军士自相践踏。文丑遏止不住,只得拨马回走。操在土阜上指曰:"文丑为河北名将,谁可擒之?"张辽、徐晃飞马齐出,大叫:"文丑休走!"文丑回头见二将赶上，遂按住铁枪，拈弓搭箭，正射张辽。徐晃大叫：
"贼将休放箭！"张辽低头急躲一箭，射中头盔，将簪缨射去。
辽奋力再赶，坐下战马又被文丑一箭射中面颊。那马跪倒
前蹄，张辽落地。

　　文丑回马复来，徐晃急抡大斧，截住厮杀。只见文丑后
面军马齐到，晃料敌不过，拨马而回。文丑沿河赶来。忽见
十余骑马，旗号翩翩，一将当头提刀飞马而来，乃关云长也。
大喝："贼将休走！"与文丑交马。战不三合，文丑心怯，拨马
绕河而走。关公马快，赶上文丑，脑后一刀，将文丑斩下马
来。曹操在土阜上，见关公砍了文丑，大驱人马掩杀。河北
军大半落水，粮草马匹，仍被曹操夺回。

云长引数骑东冲西突。正杀之间，刘玄德领三万军随后到。前面军马探知报与玄德云："今番又是红面长髯的斩了文丑。"玄德慌忙骤马来看，隔河望见一簇人马，往来如飞，旗上写着"汉寿亭侯关云长"七字。玄德暗谢天地曰："原来吾弟果然在曹操处！"欲待招呼相见，被曹兵大队拥来，只得收兵回去。袁绍接应至官渡，下定寨栅。郭图、审配入见袁绍，说："今番又是关某杀了文丑，刘备佯推不知。"袁绍大怒。少顷，玄德至，绍令推出斩之。玄德曰："某有何罪？"绍曰："你故使汝弟又坏我一员大将，如何无罪？"玄德曰："容申一言而死。曹操素忌备，今知备在明公处，恐备助公，故特使云长诛杀二将。公知必怒。此借公之手以杀刘备也。愿明公思之。"袁绍曰："玄德之言是也。"遂喝退左右，不杀玄德。

过五关

话说关云长杀了颜良、文丑以后，知道刘备在河北袁绍处，急想去会他。及回到许昌，又接着刘备的信，遂决定动身，当即写了回信答复刘备。便先入内告知二嫂，随即至相府，拜辞曹操。操知来意，乃挂回避牌于门。关公快

關雲長

快而回，命旧日跟随人役，收拾车马，早晚伺候，吩咐宅中，所有原赐之物，尽皆留下，分毫不可带去。次日再往相府辞谢。门首又挂回避牌。关公一连去了数次，皆不得见，乃往张辽家相探，欲言其事，辽亦托疾不出。关公思曰："此曹丞相不容我去之意。我去志已决，岂可复留？"即写书一封，辞谢曹操。书略曰：

羽少事皇叔，誓同生死。

……前者下邳失守，所请三事，已蒙恩诺。

今探知故主在袁绍军中，回思昔日之盟，岂容违背？……兹特奉书告辞，伏唯照察。

写毕,封固,差人去相府投递,一面将屡次所受金银,一
一封置库中,悬汉寿亭侯印于堂上,请二夫人上车。关公上
赤兔马,手提青龙刀,认领旧日跟随人役,护送车仗,径出北
门。门吏挡之,关公怒目横刀,大喝一声,门吏皆退避。关
公既出门,谓从者曰:"汝等护送车仗先行,但有追赶者,吾
自挡之,勿得惊动二位夫人。"从者推车,往官道进发。

却说曹操正论关公之事未定,左右报关公呈书。操看
毕,大惊曰:"云长去矣!"忽北门守将飞报:"关公夺门而去,
车仗鞍马二十余人,皆往北行。"又关公宅中人来报说:"关
公尽封所赐金银等物。其汉寿亭侯印悬于堂上。丞相所拨

人役，皆不带去，只带原跟从人及随身行李，出北门去了。"
众将愕然。一将挺身出曰："某愿将铁骑三千，去生擒关某，
献与丞相！"众视之，乃将军蔡阳也。

　　原来曹操部下诸将中，自张辽而外，只有徐晃与云长交
厚，余亦皆敬服，独蔡阳不服关公，故今日闻其去，欲往追
之。操曰："不忘故主，来去明白，真丈夫也。汝等皆效之。"
遂叱退蔡阳，不令去赶。因谓张辽曰："云长封金挂印，财贿
不足以动其心，爵禄不足以移其志，此等人吾深敬之。想他
去此不远，我一发结识他做个人情。汝可先去请住他，待我
与他送行，更以路费征袍赠之，使为后日纪念。"张辽领命，
单骑先往。曹操引数十骑随后而来。

　　却说云长所骑赤兔马，日行千里，本是赶不上，因欲护
送车仗，不敢纵马，按辔徐行。忽听背后有人大叫："云长且

慢行!"回头视之,见张辽拍马而至。关公教车仗从人,只管往大路紧行,自己勒住赤兔马,按定青龙刀,问曰:"文远莫非欲追我回乎?"辽曰:"非也。丞相知兄远行,欲来相送,特先使我请住台驾,别无他意。"关公曰:"便是丞相铁骑来,吾愿决一死战!"遂立马于桥上望之。见曹操引数十骑,飞奔前来,背后乃是许褚、徐晃、于禁、李典之辈。

操见关公横刀立马于桥上,令诸将勒住马匹,左右排开。关公见众人手中皆无军器,方始放心。操曰:"云长行何太速?"关公于马上欠身答曰:"关某前曾禀过丞相,今故主在河北,不由某不急去。累次造府,不得参见,故拜书告辞,封金挂印,纳还丞相。望丞相勿忘昔日之言。"操曰:"吾欲取信于天下,安肯有负前言?恐将军途中乏用,特具路资相送。"一将便从马上托过黄金一盘。

关公曰:"累蒙恩赐,尚有余资。留此黄金以赏将士。"操曰:"特以少酬大功于万一,何必推辞?"关公曰:"区区微劳,何足挂齿?"操笑曰:"云长天下义士,恨吾福薄,不得相留。锦袍一领,略表寸心。"令一将下马,双手捧袍过来。云长恐有他变,不敢下马,用青龙刀尖挑锦袍披于身上,勒马回头称谢曰:"蒙丞相赐袍,异日更得相会。"遂下桥往北而去。

许褚曰:"此人无礼太甚,何不擒之?"操曰:"彼一人一骑,吾数十余人,安得不疑?吾言既出,不可追也。"曹操自引众将回城,于路叹想云长不已。

不说曹操自回。且说关公来追车仗，见了甘、糜二夫人，云长将曹操赠袍事，告知二嫂，催促车仗前行。至天晚，投一村庄安歇。庄主出迎，须发皆白，问曰："将军姓甚名谁?"关公施礼曰："吾乃刘玄德之弟关某也。"老人曰："莫非斩颜良、文丑的关公否?"公曰："便是。"老人大喜，便请入庄。关公曰："车上还有二位夫人。"老人便唤妻女出迎。

二夫人至草堂上，关公叉手立于二夫人之侧。老人请公坐，公曰："尊嫂在上，安敢就座?"老人乃令妻女请二夫人入内室款待，自于草堂款待关公。关公问老人姓名。老人曰："吾姓胡，名华。桓帝时曾为议郎，致仕归乡。今有小儿胡班，在荥阳太守王植部下为从事。将军若从此处经过，某有一书寄与小儿。"关公允诺。

次日早膳毕，请二嫂上车，取了胡华书信，相别而行，取路投洛阳来。前至一关，名东岭关。把关将姓孔，名秀，引五百军兵在岭上把守。当日关公押车仗上岭，军士报知孔秀，秀出关来迎。关公下马，与孔秀施礼。秀曰："将军何往?"公曰："某辞丞相，特往河北寻兄。"秀曰："河北袁绍，正是丞相对头。将军此去，必有丞相文凭。"公曰："因行期慌迫，不曾讨得。"秀曰："既无文凭，待我差人禀过丞相，方可放行。"关公曰："待去禀时，须误了我行程。"秀曰："法度所拘，不得不如此。"关公曰："汝不容我过关乎?"秀曰："汝要过去，留下老小为质。"

关公大怒，举刀就杀孔秀。秀退入关去，鸣鼓聚军，披挂上马，杀下关来，大喝曰："汝敢过去么！"关公约退车仗，纵马提刀，竟不打话，直取孔秀。秀挺枪来迎。两马相交，只一合，钢刀起处，孔秀尸横马下。众军便走。关公曰："军士休走。吾杀孔秀，不得已也，与汝等无干。借汝众军之口，传语曹丞相，言孔秀欲害我，我故杀之。"众军俱拜于马前。

关公即请二夫人车仗出关，往洛阳进发。早有军士报知洛阳太守韩福。韩福急聚众将商议。牙将孟坦曰："既无丞相文凭，即系私行。若不阻挡，必有罪责。"韩福曰："关公勇猛，颜良、文丑俱为所杀。今不可力敌，只须设计擒之。"

孟坦曰:"吾有一计,先将鹿角拦定关口,待他到时,小将引兵和他交锋,佯败诱他来追,公可用暗箭射之。若关某坠马,即擒解许都,必得重赏。"

商议停当,人报关公车仗已到。韩福弯弓插箭,引一千人马,排列关口,问:"来者何人?"关公马上欠身言曰:"吾汉寿亭侯关某,敢借过路。"韩福曰:"有曹丞相文凭否?"关公曰:"事冗,不曾讨得。"韩福曰:"吾奉丞相钧命,镇守此地,专一盘诘往来奸细。若无文凭,即系逃窜。"关公怒曰:"东岭孔秀,已被吾杀。汝亦欲寻死耶?"韩福曰:"谁人与我擒之?"

孟坦出马,抢双刀来取关公。关公约退车仗,拍马来迎。孟坦战不三合,拨回马便走。关公赶来。孟坦只指望引诱关公,不想关公马快,早已赶上,只一刀砍为两段。关公勒马回来,韩福闪在门首,尽力放了一箭,正射中关公左臂。公用口拔出箭,血流不住,飞马径奔韩福,冲散众军。韩福急闪不及,关公手起刀落,带头连肩,斩于马下,杀散众军,保护车仗。

关公割帛束住箭伤,于路恐人暗算,不敢久住,连夜投汜水关来。把关将乃并州人氏,姓卞,名喜,善使流星锤。原是黄巾余党,后投曹操,拨来守关。当下闻知关公将到,寻思一计:就关前镇国寺中,埋伏下刀斧手二百余人,诱关公至寺,约击盏为号,欲图相害。安排已定,出关迎接关公。

公见卞喜来迎，便下马相见。喜曰："将军名震天下，谁不敬仰！今归皇叔，足见忠义！"关公诉说斩孔秀、韩福之事。卞喜曰："将军杀之是也。某见丞相，代禀衷曲。"关公甚喜，同上马过了汜水关，到镇国寺前下马。众僧鸣钟出迎。原来那镇国寺乃汉明帝御前香火院，本寺有僧三十余人。内有一僧，却是关公同乡人，法名普净。

当下普净已知其意，向前与关公问曰："将军离蒲东几年矣？"关公曰："将及二十年矣。"普净曰："还认得贫僧否？"公曰："离乡多年，不能相识。"普净曰："贫僧家与将军家只隔一条河。"卞喜见普净叙出乡里之情，恐有走泄，乃叱之曰："吾欲请将军赴宴，汝僧人何得多言！"关公曰："不然。乡人相遇，安得不叙旧情耶？"

普净请关公方丈待茶。关公曰："二位夫人在车上，可先献茶。"普净教取茶先奉夫人，然后请关公入方丈。普净以手举所佩戒刀，以目视关公。公会意，命左右持刀紧随。卞喜请关公于法堂筵席。关公曰："卞君请关某，是好意，还是歹意？"卞喜未及回言，关公早望见壁衣中有刀斧手，乃大喝卞喜曰："吾以汝为好人，安敢如此！"

卞喜知事泄，大叫："左右下手！"左右方欲动手，皆被关公拔剑砍之。卞喜下堂绕廊而走，关公弃剑执大刀来赶。卞喜暗取飞锤掷打关公。关公用刀隔开锤，赶将入去，一刀劈卞喜为两段，随即回身来看二嫂。早有军人围住，见关公

来，四下奔走。关公赶散，谢普净曰："若非吾师，已被此贼
害矣。"普净曰："贫僧此处难容，收拾衣钵，亦往他处云游
也。后会有期，将军保重。"关公称谢，护送车仗，往荥阳
进发。

荥阳太守王植，却与韩福是两亲家，闻得关公杀了韩福，
商议欲暗害关公，乃使人守住关口。待关公到时，王植出关，
喜笑相迎。关公诉说寻兄之事。植曰："将军于路驱驰，夫人
车上劳困，且请入城，馆驿中暂歇一宵，来日登途未迟。"

关公见王植意甚殷勤，遂请二嫂入城。馆驿中皆铺陈了当。王植请公赴宴，公辞不往。植使人送筵席至馆驿。关公因于路辛苦，请二嫂晚膳毕，就正房歇定，令从者各自安歇，饱喂马匹。关公亦解甲憩息。

却说王植密唤从事胡班听令曰："关某背丞相而逃，又于路杀太守并守关将校，死罪不轻！此人勇武难敌。汝今晚点一千军围住馆驿，一人一个火把，待三更时分，一齐放火，不问是谁，尽皆烧死！吾亦自引军接应。"胡班领命，便点起军士，密将干柴引火之物，搬于馆驿门首，约时举事。胡班寻思："我久闻关云长之名，不识如何模样，试往窥之。"乃至驿中，问驿吏曰："关将军在何处？"答曰："正厅上观书者是也。"

胡班潜至厅前，见关公左手绰髯，于灯下凭几看书。班见了，失声叹曰："真天人也！"公问何人。胡班入拜曰："荥阳太守部下从事胡班。"关公曰："莫非许都城外胡华之子否？"班曰："然也。"公唤从者于行李中取书付班。班看毕，叹曰："险些误杀忠良！"遂密告曰："王植心怀不仁，欲害将军，暗令人四面围住馆驿，约于三更放火。今某当先去开了城门，将军急收拾出城。"

关公大惊，忙披挂提刀上马，请二嫂上车，尽出馆驿，果见军士各执火把听候。关公急来到城边，只见城门已开。关公催车仗急急出城。胡班还去放火。关公行不到数里，背后火把照耀，人马赶来。当先王植大叫："关某休走！"关

公勒马，大骂："匹夫！我与你无仇，如何令人放火烧我？"王植拍马挺枪，径奔关公，被关公拦腰一刀，砍为两段。人马都赶散。关公催车仗速行。于路感胡班不已。

　　行至滑州界首，有人报与刘延。延引数十骑，出郭而迎。关公马上欠身而言曰："太守别来无恙。"延曰："公今欲何往？"公曰："辞了丞相，去寻家兄。"延曰："玄德在袁绍处。绍乃丞相仇人，如何容公去？"公曰："昔日曾言定来。"延曰："今黄河渡口关隘，夏侯惇部将秦琪据守。恐不容将军过渡。"公曰："太守应付船只，若何？"延曰："船只虽有，不敢应付。"公曰："我前者诛颜良、文丑，亦曾与足下解厄。今日求一渡船而不与,何也?"延曰:"只恐夏侯惇知之,必然罪我。"

关公知刘延无用之人,遂自催车仗前进。到黄河渡口,秦琪引军出问来者何人。关公曰:"汉寿亭侯关某也。"琪曰:"今欲何往?"关公曰:"欲投河北去寻兄长刘玄德,故来借渡。"琪曰:"丞相公文何在?"公曰:"吾不受丞相节制,有甚公文?"琪曰:"吾奉夏侯将军将令,把守关隘,你便插翅,也飞不过去!"关公大怒曰:"你知我于路斩戮拦截者乎?"琪曰:"你只杀得无名下将,敢杀我么?"关公怒曰:"汝比颜良、文丑若何?"

秦琪大怒,纵马提刀,直取关公。二马相交,只一合,关公刀起,秦琪头落。关公曰:"挡吾者已死,余人不必惊走。速备船只,送我渡河!"军士急撑舟傍岸,关公请二嫂上船渡河。渡过黄河,便是袁绍地方。

关公所历关隘五处，斩将六员，因于马上自叹曰："吾非欲沿途杀人，奈事不得已也。曹公知之，必以我为负恩之人矣。"正行间，忽见一骑自北而来，大叫："云长少住!"关公勒马视之，乃孙乾也。乾曰："今皇叔已往汝南会合刘辟去了。恐将军不知，反到袁绍处，特遣某于路来迎接。幸于此得见将军，可速往汝南与皇叔相会。"关公依言，不投河北，径取汝南而去。

古城会

话说关公与甘、糜二夫人等从许昌出来，欲到河北去，经过五关，斩将六员。渡过黄河，正想到袁绍地方去会刘备，忽遇见孙乾，知道刘备往汝南刘辟处去了，就不投河北，径向汝南而行。

行了数日，忽值大雨滂沱，行装尽湿。遥望山岗边有一所庄院，关公引着车仗，到彼借宿。庄内一老人出迎。关公具言来意。老人曰："某姓郭，名常，世居于此。久闻大名，幸得瞻拜。"遂宰羊置酒相待，请二夫人于后堂暂歇。郭常陪关公、孙乾于草堂饮宴。一边烘焙行李，一边喂养马匹。

至黄昏时候，忽见一少年，引数人入庄，径上草堂。郭常唤曰："吾儿来拜将军。"因谓关公曰："此愚男也。"关公问何来。常曰："射猎方回。"少年见过关公，即下堂去了。常流泪言曰："老夫耕读传家，只生此子，不务本业，唯以游猎为事。是家门不幸也！"关公曰："方今乱世，若武艺精熟，亦可以取功名，何云不幸？"常曰："他若肯习武艺，便是有志之人。今专务游荡，无所不为，老夫所以忧耳！"关公亦为叹息。

张飞

　　至更深，郭常辞出。关公与孙乾方欲就寝，忽闻后院马嘶人叫。关公急唤从人，却都不应，乃与孙乾提剑往视之。只见郭常之子，倒在地上叫唤，从人正与庄客厮打。公问其故。从人曰："此人来盗赤兔马，被马踢倒。我等闻叫唤之声，起来巡看，庄客们反来厮打。"公怒曰："鼠贼焉敢盗吾马！"

　　恰待发作，郭常奔至告曰："不肖子为此歹事，罪合万死！奈老妻最怜爱此子，乞将军仁慈宽恕！"关公曰："此子果然不肖！适才老翁所言，真'知子莫若父'也。我看翁面，且姑恕之。"遂吩咐从人，看好了马，喝散庄客，与孙乾回草堂歇息。次日，郭常夫妇出拜于堂前，谢曰："犬子冒渎虎威。深感将军恩恕。"关公令将出："我以正言教之。"常曰："他于四更时分，又引数个无赖之徒，不知何处去了。"

　　关公谢别郭常，奉嫂上车，出了庄院，与孙乾并马，护着车仗，取山路而行。不及三十里，只见山背后涌出百余人，为首两骑马：前面那人，头裹黄巾，身穿战袍；后面乃郭常之子也。黄巾者曰："我乃天公将军张角部将也！来者快留下赤兔马，放你过去！"关公大笑曰："无知狂贼！汝既从张角为盗，亦知刘、关、张兄弟三人名字否？"黄巾者曰："我只闻赤面长髯者名关云长，却未识其面。汝何人也？"

公乃停刀立马，解开须囊，出长髯令视之。其人滚鞍下马，脑揪郭常之子拜献于马前。关公问其姓名。告曰："某姓裴，名元绍。自张角死后，一向无主，啸聚山林，权于此处藏伏。今早这厮来报：'有一客人，骑一匹千里马，在我家投宿。'特邀某来夺此马，不想却遇将军。"郭常之子拜伏乞命。关公曰："吾看汝父之面，饶你性命！"郭子抱头鼠窜而去。

公谓元绍曰："汝不识吾面，何以知吾名？"元绍曰："离此三十里有一卧牛山，山上有一关西人，姓周，名仓，两臂有千斤之力，板肋虬髯，形容甚伟，原在黄巾张宝部下为将。张宝死，啸聚山林。他多曾与某说将军盛名，恨无门路相见。"关公曰："绿林中非豪杰托足之处。公等今后可各去邪归正，勿自陷其身。"元绍拜谢。

正说话间，遥望一彪人马来到。元绍曰："此必周仓也。"关公乃立马待之。果见一人，黑面长身，持枪乘马，引众而至，见了关公，惊喜曰："此关将军也！"急忙下马，俯伏道旁曰："周仓参拜。"关公曰："壮士何处曾识关某来？"仓曰："旧随黄巾张宝时，曾识尊颜，恨失身贼党，不得相随。今日乃得拜见，愿将军不弃，收为步卒，早晚执鞭随镫，死亦甘心！"公见其意甚诚，乃谓曰："汝若随我，汝手下人伴若何？"仓曰："愿从则俱从；不愿从者，听之可也。"于是众皆曰："愿从。"

关公乃下马至车前禀问二嫂。甘夫人曰："叔叔自离许都，沿路独行至此，历过多少艰难，未尝要军马相随，今何独容周仓之众耶？我辈女流浅见，叔自斟酌。"公曰："嫂嫂之言是也。"遂谓周仓曰："非关某寡情，奈二夫人不从。汝等且回山中，待我寻见兄长，必来相招。"周仓顿首告曰："仓乃一粗莽之夫，失身为盗，今遇将军，如重见天日，岂忍复错过！若以众人相随为不便，可令其尽跟裴元绍去。仓只身步行，跟随将军，虽万里不辞也！"关公再以此言告二嫂。甘夫人曰："一二人相从，无妨于事。"公乃令周仓拨人伴随裴元绍去。元绍曰："我亦愿随关将军。"周仓曰："汝若去时，人伴皆散，且当权时统领。我随关将军去，但有驻扎处，便来招你。"元绍怏怏而别。

周仓跟着关公，往汝南进发。行了数日，遥见一座山城。公问土人："此何处也？"土人曰："此名古城。数月前有一将军，姓张，名飞，引数十骑到此，将县官逐去，占住古城，招军买马，积草屯粮。今聚有三五千人马，四远无人敢敌。"

关公喜曰："吾弟自徐州失散，一向不知下落，谁想却在此！"乃令孙乾先入城通报，教来迎接二嫂。

却说张飞在芒砀山中住了月余，因出外探听玄德消息，偶过古城，入县借粮，县官不肯，飞怒，因就逐去县官，夺了县印，占住城池，权且安身。当日孙乾领关公命，入城见飞。施礼毕，具言："玄德离了袁绍处，投汝南去了。今云长直从许都送二位夫人至此，请将军出迎。"

张飞听罢，更不回言，随即披挂持矛上马，引一千余人，径出将门。孙乾惊讶，又不敢问，只得随出城来。关公望见

张飞到来,喜不自胜,付刀与周仓接了,拍马来迎。只见张
飞圆睁环眼,倒竖虎须,吼声如雷,挥矛向关公便搠。关公
大惊,连忙闪过,便叫:"贤弟何故如此? 岂忘了桃园结义
耶?"飞喝曰:"你既无义,有何面目来与我相见!"关公曰:
"我如何无义?"飞曰:"你背了兄长,降了曹操,封侯赐爵,今
又来赚我! 我今与你拼个死活!"关公曰:"你原来不知,我
也难说。现放着二位嫂嫂在此,贤弟请自问。"

　　二夫人听得,揭帘而呼曰:"三叔何故如此?"飞曰:"嫂
嫂住着。且看我杀了负义的人,然后请嫂嫂入城。"甘夫人
曰:"二叔因不知你等下落,故暂时栖身曹氏。今知你哥哥
在汝南,特不避险阻,送我们到此。三叔休错见了。"糜夫
人曰:"二叔向在许都,原出于无奈。"飞曰:"嫂嫂休要被他

瞒过了！忠臣宁死而不辱，大丈夫岂有事二主之理！"关公曰："贤弟休屈了我。"孙乾曰："云长特来寻将军。"飞喝曰："如何你也胡说！他哪里有好心！必是来捉我！"关公曰："我若捉你，须带军马来。"飞把手指曰："兀的不是军马来也！"

关公回顾，果见尘埃起处，一彪人马来到。风吹旗号，正是曹军。张飞大怒曰："今还敢支吾么？"挺丈八蛇矛便搠将来。关公急止之曰："贤弟且住。你看我斩此来将，以表我真心。"飞曰："你果有真心，我这里三通鼓罢，便要你斩来将！"关公应诺。

须臾，曹兵至。为首一将，乃是蔡阳，挺刀纵马大喝曰：

国韵故事汇

"你杀吾外甥秦琪,却原来逃在此!吾奉丞相命,特来拿你!"关公更不打话,举刀便砍,张飞亲自擂鼓。只见一通鼓未尽,关公刀起处,蔡阳头已落地。众军士俱走。关公活捉执旗的小卒过来,问取来由。小卒告说:"蔡阳闻将军杀了他外甥,十分愤怒,要来河北与将军交战。丞相不肯,因差他往汝南攻刘辟,不想在这里遇着将军。"关公闻言,教去张飞前告说其事。飞将关公在许都时事细问小卒。小卒从头至尾说了一遍,飞方才信。

正说间,忽城中军士来报:"城南门外有十数骑来得甚紧,不知是甚人。"张飞心中疑虑,便转出南门看时,果见十数骑,轻弓短箭而来。见了张飞,滚鞍下马。视之,乃糜竺、糜芳也。飞亦下马相见。竺曰:"自徐州失散,我兄弟二人逃难回乡。使人远近打听,知云长降了曹操,主公在于河北,又闻简雍亦投河北去了,只不知将军在此。昨于路上遇见一伙客人,说有一姓张的将军,如此模样,今据古城。我兄弟度量必是将军,故来寻访。幸得相见!"飞曰:"云长兄与孙乾送二嫂方到,已知哥哥下落。"

二糜大喜,同来见关公,并参见二夫人。飞遂迎请二嫂入城。至衙中坐定,二夫人诉说关公历过之事,张飞方才大哭,参拜云长。二糜亦俱伤感。张飞亦自诉别后之事,一面设宴贺喜。

次日,张飞欲与关公同赴汝南见玄德。关公曰:"贤弟可保护二嫂，暂住此城，待我与孙乾先去探听兄长消息。"飞允诺。关公与孙乾引数骑奔汝南来。刘辟接着，关公便问皇叔何在。刘辟曰："皇叔到此住了数日，为见军少，复往河北袁本初处商议去了。"关公怏怏不乐。孙乾曰："不必愁虑，再苦一番驱驰，仍往河北去报知皇叔，同至古城便了。"

关公依言，辞了刘辟，回至古城，与张飞说知此事。张飞便欲同至河北。关公曰："有此一城，便是我等安身之处，未可轻弃。我还与孙乾同往袁绍处，寻见兄长，来此相会。贤弟可坚守此城。"飞曰："兄斩他颜良、文丑，如何去得？"关公曰："不妨，我到彼当见机而行。"遂唤周仓问曰："卧牛山裴元绍处，共有多少人马？"仓曰："约有四五百。"关公曰："我今抄近路去寻兄长。汝可往卧牛山招此一支人马，从大路上接来。"仓领命而去。

关公与孙乾只带十余骑投河北来。将至界首，乾曰："将军未可轻入，只在此间暂歇。待某先入见皇叔，别做商议。"关公依言，先打发孙乾去了。遥望前村有一所庄院，便与从人到彼投宿。庄内一老翁携杖而出，与关公施礼。公具以实告。老翁曰："某亦姓关，名定。久闻大名，幸得瞻谒。"遂命二子出见，款留关公，并从人俱留于庄内。

且说孙乾匹马入冀州，见玄德，具言前事。玄德曰："简雍亦在此间，可暗请来同议。"少顷，简雍至，与孙乾相见毕，共议脱身之计。雍曰："主公明日见袁绍，只说要往荆州，说刘表共破曹操，便可乘机而去。"玄德曰："此计大妙！但公能随我去否？"雍曰："某亦自有脱身之计。"

商议已定。次日，玄德入见袁绍，告曰："刘景升镇守荆襄九郡，兵精粮足，宜与相约，共攻曹操。"绍曰："吾尝遣使约之，奈彼未肯相从。"玄德曰："此人是备同宗，备往说之，必无推阻。"绍遂命玄德即去。

玄德出，简雍进曰："玄德此去，必不回矣。某愿与偕往，一则同说刘表，二则监住玄德。"绍然其言，便命简雍与玄德同行。

却说玄德先令孙乾出城，回报关公，一面与简雍辞了袁绍，上马出城。行至界首，孙乾接着，同往关定庄上。关公迎门接拜，执手啼哭不止。关定领二子拜于草堂之前。玄德问其姓名。关公曰："此人与弟同姓，有二子：长子关宁，学文；次子关平，学武。"关定曰："今愚意欲遣次子跟随关将军，未识肯容纳否？"玄德曰："年几岁何矣？"定曰："十八岁矣。"玄德曰："既蒙长者厚意，吾弟尚未有子，今即以贤郎为子，若何？"关定大喜，便命关平拜关公为父，呼玄德为伯父。玄德恐袁绍追之，急收拾起行。关平随着关公一齐起身。关定送了一程自回。

关公教取路往卧牛山来。正行间，忽见周仓引数十人带伤而来。关公引他见了玄德，问其何故受伤。仓曰："某

未至卧牛山之前,先有一将单骑而来,与裴元绍交锋,只一合,刺死裴元绍,尽数招降人伴,占住山寨。仓到彼,招诱人伴时,只有这几个过来,余者俱惧怕,不敢擅离。仓大忿,与那将交战,被他连胜数次,身中三枪,因此来报主公。"玄德曰:"此人怎生模样?姓甚名谁?"仓曰:"极其雄壮,不知姓名。"

于是关公纵马当先,玄德在后,径投卧牛山来。周仓在山下叫骂,只见那将全副披挂,持枪骤马,引众下山。玄德早挥鞭出马,大叫曰:"来者莫非子龙否?"那将见了玄德,滚鞍下马,拜伏道旁。原来果然是常山赵子龙。玄德、关公俱下马相见，问其何由至此。云曰："云自别使君，不想公孙瓒不听人言，以致兵败自焚。袁绍屡次招云，云想绍亦非用人之人，因此未往。后欲至徐州投使君，又闻徐州失守，云长已归曹操，使君又在袁绍处。云几番欲来相投，只恐袁绍见怪。四海飘零，无容身之地。前偶过此处，适遇裴元绍下山来欲夺吾马，云因杀之，借此安身。近闻翼德在古城，欲往投之，未知真实。今幸得遇使君。"

玄德大喜，诉说从前之事。关公亦诉前事。玄德曰："吾初见子龙，便有留恋不舍之情，今幸得相遇。"云曰："云奔走四方，择主而事，未有如使君者。今得相随，大慰平生。虽肝脑涂地，无恨矣。"当日就烧毁山寨，率领人众，尽随玄

德前赴古城。张飞、糜竺、糜芳迎接入城,各相拜诉。二夫
人具言云长之事,玄德感叹不已。于是杀牛宰马,先拜谢天
地,然后遍劳诸军。玄德见兄弟重聚,将佐无缺,又新得了
赵云,关公又得了关平、周仓二人,大家欢喜无限。

火烧博望坡

话说刘备自与关、张等在古城会聚以后，因汝南刘辟来请，于是起军往汝南屯扎，招兵买马，徐图进取。

其后曹操攻袁绍，刘备引兵欲袭许都。操闻知，自提大兵阻击。备败绩，乃至荆州，投刘表。表使之引本部人马屯驻襄阳属邑新野。备到了新野，军民皆喜，政治一新。

献帝建安十二年，徐庶（字元直）荐南阳诸葛亮（字孔明）于刘备，备大喜，遂三次亲到隆中茅庐，请诸葛亮出山相助。诸葛亮见其意至诚，允之，同归新野。

却说曹操罢三公之职，自以丞相兼之，以毛玠为东曹掾，崔琰为西曹掾，司马懿为文学掾。懿字仲达，河内温人也，颍川太守司马隽之孙、京光尹司马防之子、主簿司马朗之弟也。自是文官大备，乃聚武将商议南征。夏侯惇进曰："近闻刘备在新野，每日教演士卒，必为后患，可早图之。"

操即命夏侯惇为都督，于禁、李典、夏侯兰、韩浩为副将，领兵十万，直抵博望城，以窥新野。荀彧谏曰："刘备英雄，今更兼诸葛亮为军师，不可轻敌。"惇曰："刘备鼠辈耳，吾必擒之。"徐庶曰："将军勿轻视刘玄德。今玄德得诸葛亮为辅，如虎生翼矣。"操曰："诸葛亮何人也？"庶曰："亮字孔明，道号卧龙先生，有经天纬地之才、出鬼入神之计，真当世之奇士，非可小觑。"

操曰："比公若何？"庶曰："庶安敢比亮？庶如萤火之光，亮乃皓月之明也。"夏侯惇曰："元直之言谬矣。吾看诸葛亮如草芥耳，何足惧哉！吾若不一阵生擒刘备，活捉诸葛，愿将首级献与丞相。"操曰："汝早报捷书，以慰吾心。"惇奋然辞曹操，引军登程。

却说玄德自得孔明，以师礼待之。关、张二人不悦曰："孔明年幼，有甚才学？兄长待之太过！又未见他真实效验!"玄德曰:"吾得孔明,犹鱼之得水也。两弟勿复多言。"关、张见说,不言而退。

一日,有人送牦牛尾至。玄德取尾亲自结帽。孔明入见,正色曰:"明公无复有远志,但事此而已耶?"玄德投帽于地而谢曰:"吾聊假此以忘忧耳。"孔明曰:"明公自度比曹操若何?"玄德曰:"不如也。"孔明曰:"明公之众,不过数千人,万一曹兵至,何以迎之?"玄德曰:"吾正愁此事,未得良策。"孔明曰:"可速招募民兵,亮自教之,可以待敌。"玄德遂招新野之民,得三千人。孔明朝夕教演阵法。

忽报曹操差夏侯惇引兵十万,杀奔新野来了。张飞闻知,谓云长曰:"可着孔明前去迎敌便了。"正说之间,玄德召二人,入谓曰:"夏侯惇引兵到来,如何迎敌?"张飞曰:"哥哥何不使'水'去?"玄德曰:"智赖孔明,勇需二弟,何可推诿?"关、张出,玄德请孔明商议。孔明曰:"但恐关、张二人,不肯听吾号令。主公若欲亮行兵,乞假剑印。"玄德便以剑印付孔明。遂聚集众将听令。张飞谓云长曰:"且听令去。看他如何调度。"

孔明令曰:"博望之左有山,名曰豫山;右有林,名曰安林。可以埋伏军马。云长可引一千军往豫山埋伏,等彼军至,放过休敌。其辎重粮草,必在后面。但看南面火起,可纵兵出击,就焚其粮草。翼德可引一千军去安林背后山谷中埋伏,只看南面火起,便可出,向博望城旧屯粮草处纵火烧之。关平、刘封可引五百军,预备引火之物,于博望坡后两边等候。至初更兵到,便可放火矣。"又命赵云为前部,不要赢,只要输。"主公自引一军为后援。各须依计而行,勿使有失。"

云长曰:"我等皆出迎敌,未审军师却做何事?"孔明曰:"我只坐守此城。"张飞大笑曰:"我们都去厮杀,你却在家里坐地,好自在!"孔明曰:"剑印在此,违令者斩!"玄德曰:"岂不闻'运筹帷幄之中,决胜千里之外'?二弟不可违令。"张飞冷笑而去。云长曰:"我们且看他的计应也不应,那时却来问他未迟。"二人去了。

众将皆未知孔明韬略，今虽听令，却都疑惑不定。孔明谓玄德曰："主公今日可便引兵就博望山下屯住。来日黄昏，敌军必到，主公便弃营而走。但见火起，即回军掩杀。亮与糜竺、糜芳引五百军守县，命孙乾、简雍准备庆喜筵席，安排'功劳簿'伺候。"派拨已毕，玄德亦疑惑不定。

却说夏侯惇与于禁等引兵至博望，分一半精兵做前队，其余尽护粮车而行。时当秋月，商风徐起。人马趱行之间，望见前面尘头忽起。惇便将人马摆开，问向导官曰："此间是何处？"答曰："前面便是博望坡，后面是罗川口。"

惇令于禁、李典压住阵脚，亲自出马阵前。遥望军马来到，惇忽然大笑。众问："将军为何而笑？"惇曰："吾笑徐元直在丞相面前，夸诸葛亮为天人，今观其用兵，乃以此等军马为前部，与吾对敌，正如驱犬羊与虎豹斗耳！吾于丞相前夸口，要活捉刘备、诸葛亮，今必应吾言矣。"遂自纵马向前。赵云出马。惇骂曰："汝等随刘备，如孤魂随鬼耳！"

云大怒，纵马来战。两马相交，不数合，云诈败而走。夏侯惇从后追赶。云约走十余里，回马又战，不数合，又走。韩浩拍马向前谏曰："赵云诱敌，恐有埋伏。"惇曰："敌军如此，虽十面埋伏，吾何惧哉！"遂不听浩言，直赶至博望坡。一声炮响，玄德自引军冲将过来，接应交战。夏侯惇笑谓韩浩曰："此即埋伏之兵也！吾今晚不到新野，誓不能罢兵！"

乃催军前进。玄德、赵云退后便走。

时天色已晚，浓云密布，又无月色，昼风既起，夜风愈大。夏侯惇只顾催军赶杀。于禁、李典赶到窄狭处，两边都是芦苇。典谓禁曰："欺敌者必败。南道路狭，山川相逼，树木丛杂，倘彼用火攻，奈何？"禁曰："君言是也。吾当往前为都督言之。君可止住后军。"李典便勒回马大叫："后军慢行！"人马走发，哪里拦挡得住。于禁骤马大叫："前军都督且住！"

夏侯惇正走之间，见于禁从后军奔来，便问何故。禁曰："南道路狭，山川相逼，树木丛杂，宜防火攻。"夏侯惇猛

省,即回马令军马勿进。

言未已,只听背后喊声震起,早望见一派火光烧着,随后两边芦苇亦着。一霎时,四方八面,尽皆是火。又值风大,火势愈猛。曹家人马,自相践踏,死者不计其数。赵云回军赶杀,夏侯惇冒烟突火而走。

李典见势头不好,急奔回博望城时,火光中一军拦住。当先大将,乃关云长也。李典纵马混战,夺路而走。于禁见粮草车辆都被火烧,便投小路奔逃去了。夏侯兰、韩浩来救粮草,正遇张飞。战不数合,张飞一枪刺夏侯兰于马下。韩浩夺路走脱。直杀到天明,却才收军。杀得尸横遍野,血流成河。夏侯惇收拾残军,自回许昌。

却说孔明收军,关、张二人相谓曰:"孔明真英杰也!"行不数里,见糜竺、糜芳引军簇拥着一辆小车,车中端坐一人,乃孔明也。关、张下马,拜伏于车前。

不多时,玄德、赵云、刘封、关平等皆至,收聚众军,把所获粮草辎重分赏将士,班师回新野。新野百姓望尘遮道而拜,曰:"吾辈生全,皆使君得贤人之力也!"

群英会

话说汉献帝建安年间，曹操统领马步水军八十三万，假称一百万，去攻东吴。一路水陆并进，船骑双行，沿江而下，西连荆陕，东接蕲黄，寨栅联络三百多里，声势十分浩大。

东吴孙权得知，即令都督周瑜率领水陆人马前去御敌。周瑜即差韩当、黄盖为前部先锋，领本部战船，即日起行，前至三江口下寨，别听将令；蒋钦、周泰为第二队；凌统、潘璋为第三队；太史慈、吕蒙为第四队；陆逊、董袭为第五队；吕范、朱治为四方巡警使。催督六部官军，水陆并进。调拨已毕，诸将各自收拾船只军器起行。

次日，周瑜辞了孙权，与程普、鲁肃等亦领兵登舟，驾起帆樯，往夏口而进。离三江口五六十里，船依次第歇定。周瑜在中央下寨，岸上依西山结营，周围屯住。

一日忽报曹操遣使送书至。瑜唤入。使者呈上书看时，封面上写着云："汉大丞相付周都督开拆。"瑜大怒，

周瑜

更不开看，将书扯碎，掷于地上，喝斩来使。肃曰："两国相争，不斩来使。"瑜曰："斩使以示威。"遂斩使者，将首级付从人持回。随令甘宁为先锋，韩当为左翼，蒋钦为右翼。瑜自领诸将接应。来日四更造饭，五更开船，鸣鼓呐喊而进。

　　曹操得知周瑜毁书斩使，大怒，便唤蔡瑁、张允等一班荆州降将为前部，操自为后军，催督战船，到三江口。早见东吴船只，蔽江而来。为首一员大将，坐在船头上大呼曰："吾乃甘宁也！谁敢来与我决战？"蔡瑁令弟前进。两船将近，甘宁拈弓搭箭射来，蔡弟应弦而倒。宁遂驱船大进，万弩齐发。曹军不能抵挡。右边蒋钦，左边韩当，直冲入曹军中。曹军大半是青、徐之兵，素不习水战，大江面上，战船一摆,早立脚不住。甘宁等三路战船,纵横水面。周瑜又催船助战。曹军中箭着炮者,不计其数。从巳时直杀至未时,周瑜虽得利,只恐寡不敌众,遂下令鸣金收住船只。

曹军败回。操登旱寨,再整军士,唤蔡瑁、张允,责之曰:"东吴兵少,反为所败,是汝等不用心耳!"蔡瑁曰:"荆州水军,久不操练,青、徐之军,又素不习水战,故而致败。今当先立水寨,令青、徐军在中,荆州军在外,每日教习精熟,方可用之。"操曰:"汝既为水军都督,可以便宜从事,何必禀我?"于是张、蔡二人,自去训练水军。沿江一带,分二十四座水门,以大船居于外,为城郭,小船居于内,可通往来。至晚点上灯火,照得天心水面通红。旱寨三百余里,烟火不绝。

却说周瑜得胜回寨,犒赏三军,一面差人到吴侯处报捷。当夜瑜登高观望,只见西边火光接天。左右告曰:"此皆北军灯火之光也。"瑜亦心惊。

次日,瑜欲亲往探看曹军水寨,乃命收拾楼船一只,带着鼓乐,随行健将数员,各带强弓硬弩,一齐上船迤逦前进。至操寨边,瑜命下碇。楼船上鼓乐齐奏。瑜暗窥他水寨,大惊曰:"此深得水军之妙也!"问:"水军都督是谁?"左右曰:"蔡瑁、张允。"瑜思曰:"二人久居江东,谙习水战,吾必先设计除此二人,然后可以破曹。"

正窥看间,早有曹军飞报曹操,说周瑜偷看吾寨。操命

纵船擒捉。瑜见水寨中旗号动,急教起碇,两边四下一齐轮转橹棹,往江面上如飞而去。比及曹寨中船出时,周瑜的楼船已离了十数里远,追之不及,回报曹操。操问众将曰:"昨日输了一阵,挫动锐气,今又被他探窥吾寨,吾当作何计破之?"

言未毕,忽帐下一人出曰:"某自幼与周郎同窗交契,愿凭三寸不烂之舌,往江东说此人来降。"曹操大喜,视之,乃九江人,姓蒋名干,字子翼,今为帐下幕宾。操问曰:"子翼与周公瑾相厚乎?"干曰:"丞相放心。干到江左,必要成功。"操问:"要将何物去?"干曰:"只消一童随往,二仆驾舟,其余不用。"操甚喜,置酒与蒋干送行。干葛巾布袍,驾一只小舟,径到周瑜寨中,命传报:"故人蒋干相访。"

周瑜正在帐中议事,闻干至,笑谓诸将曰:"说客至矣。"遂与众将附耳低言,如此如此。众将应命而去。瑜整衣冠,引从者数百，皆锦衣花帽，前后簇拥而出。蒋干引一青衣小童，昂然而来。瑜拜迎之。干曰："公瑾别来无恙乎？"瑜曰："子翼良苦，远涉江湖，为曹氏做说客耶？"干愕然曰："吾久别足下，特来叙旧，奈何疑我做说客耶？"瑜笑曰："吾虽不及师旷之聪，闻弦歌而知雅意。"干曰："足下待故人如此，便请告退。"瑜笑而挽其臂曰："吾但恐兄为曹氏做说客耳。既无此心，何速去耶？"遂同入帐。叙礼毕，坐定，即传令悉召江左英杰与子翼相见。

须臾，文官武将，各穿锦衣，帐下偏裨将校，都披银铠，分两行而入。瑜都教相见毕，就列于两旁而坐，大张筵席，奏军中得胜之乐，轮换行酒。瑜告众官曰："此吾同窗契友也。虽从江北到此，却不是曹家说客，公等勿疑。"遂解佩剑付太史慈曰："你可佩我剑做监酒。今日宴饮，但叙朋友交

情,如有提起曹操与东吴军旅之事者,即斩之。"

太史慈应诺,按剑坐于席上。蒋干惊愕,不敢多言。周瑜曰:"吾自领军以来,滴酒不饮,今日见了同学故人,又无疑忌,当饮一醉。"说罢,大笑畅饮。座上觥筹交错。饮至半酣,瑜携干手,同步出帐外。左右军士,皆全装贯带,持戈执戟而立。瑜曰:"吾之军士,颇雄壮否?"干曰:"真熊虎之士也。"

瑜又引干到帐后一望,粮草堆如山积。瑜曰:"吾之粮草,颇足备否?"干曰:"兵精粮足,名不虚传。"瑜假醉大笑曰:"想周瑜与子翼同学业时,不曾望有今日。"干曰:"以吾兄高才,实不为过。"

瑜执干手曰:"大丈夫处世,遇知己之主,外托君臣之义,内结骨肉之恩,言必行,计必从,祸福共之。假使苏秦、张仪复出,口似悬河,舌如利刃,安能动我心哉?"言罢大笑。蒋干面如土色。

瑜复携干入帐,会诸将再饮,因指诸将曰:"此皆江东之英杰。今日此会,可名'群英会'。"饮至天晚,点上灯烛,瑜自握剑起舞,满座欢笑。至夜深,干辞曰:"不胜酒力矣。"瑜命撤席。诸将辞出。瑜曰:"久不与子翼同榻,今宵抵足而眠。"于是假做大醉之状,携干入帐共寝。瑜和衣卧倒,呕吐狼藉。蒋干如何睡得着,伏枕听时,军中鼓打二更,起视残灯尚明。看周瑜时,鼻息如雷。干见帐内桌上,堆着一卷文

书，乃起床偷视之，却都是往来书信。内有一封，上写"蔡
瑁、张允谨封"。干大惊，暗读之。书略曰：

> 某等降曹，非图仕禄，迫于势耳。今已赚北军困于
> 寨中，但得其便，即将操贼之头，献于麾下。早晚人到，
> 便有关报。幸勿见疑。先此敬覆。

干思曰："原来蔡瑁、张允结连东吴！"遂将书暗藏于衣
内。再欲检看他书时，床上周瑜翻身，干急灭灯就寝。瑜口
内含糊曰："子翼，我数日之内，教你看曹贼之头！"干勉强应
之。瑜又曰："子翼，且住！……教你看曹贼之头！……"及
干问之，瑜又睡着。

干伏于床上，将近四更，只听得有人入帐，唤曰："都督醒否？"周瑜梦中做忽醒之状，故问那人曰："床上睡着何人？"答曰："都督请子翼同寝，何故忘却？"瑜懊悔曰："吾平日未尝饮醉，昨日醉后失事，不知可曾说甚言语？"那人曰："江北有人到此。"瑜喝："低声！"便唤："子翼。"蒋干只装睡着。瑜潜出帐。干窃听之，只闻有人在外曰："蔡、张二都督道：'急切不得下手。'"后面言语颇低，听不真实。

少顷，瑜入帐，又唤："子翼。"蒋干只是不应，蒙头假睡。瑜亦解衣就寝。干寻思："周瑜是个精细人，天明寻书不见，

群英会

蒋干
曹操

必然害我。"睡至五更,干起唤周瑜。瑜却睡着。干戴上巾帻,潜步出帐,唤了小童,径出辕门。军士问:"先生哪里去?"干曰:"吾在此恐误都督事,权且告别。"军士亦不阻挡。

干下船,飞棹回见曹操。操问:"子翼干事若何?"干曰:"周瑜雅量高致,非言词所能动也。"操怒曰:"事又不济,反为所笑!"干曰:"虽不能说周瑜,却与丞相打听得一件事。乞退左右。"干取出书信,将上项事逐一说与曹操。操大怒曰:"二贼如此无礼耶!"即便唤蔡瑁、张允到帐下。操曰:"我欲使汝二人进兵。"瑁曰:"军尚未曾练熟,不可轻进。"

操怒曰:"军若练熟,吾首级献于周瑜矣!"蔡、张二人不知其意,惊慌不能回答。操喝武士推出斩之。须臾,献头帐下,操方省悟曰:"吾中计矣!"

众将见杀了蔡、张二人，入问其故。操虽心知中计，却不肯认错，乃谓众将曰："二人怠慢军法，吾故斩之。"众皆嗟讶不已。操于众将内选毛玠、于禁为水军都督，以代蔡、张二人之职。

细作探知，报过江东。周瑜大喜曰："吾所患者，此二人耳。今既剿除，吾无忧矣。"鲁肃曰："都督用兵如此，何愁曹贼不破乎！"

苦肉计

话说曹操带领八十三万大兵去攻东吴，是时刘备亦新为曹操所败，暂住江夏。鲁肃遂来邀请诸葛孔明到东吴商议，共破曹操。孔明到了东吴之后，尽力帮助，又乘大雾之日，设计弄到了曹营十五六万支箭。

一日，周瑜邀孔明入帐共饮。瑜曰："昨日吾主遣使来催督进军，瑜未有奇计，愿先生教我。"孔明曰："亮乃碌碌庸才，安有妙计？"瑜曰："某昨观曹操水寨，极其严整有法，非等闲可攻。思得一计，不知可否。先生幸为我一决之。"孔明曰："都督且休言。各自写于手内，看同也不同？"

瑜大喜，教取笔砚来，先自暗写了，却送与孔明。孔明亦暗写了。两个移近坐榻，各出掌中之字，互相观看，皆大笑。原来周瑜掌中字，乃一"火"字，孔明掌中亦一"火"字。瑜曰："既我两人所见相同，更无疑矣，幸勿漏泄。"孔明曰："两家公事，岂有漏泄之理？吾料曹操虽是机警，我这条计，他必不为备。今都督尽行之可也。"饮罢分散，诸将皆不知其事。

却说曹操因平白地折了

十五六万箭，心中气闷。荀攸进计曰："江东有周瑜、诸葛亮二人用计，急切难破。可差人去东吴诈降，为奸细内应，以通消息，方可图也。"操曰："此言正合吾意。汝料军中谁可行此计？"攸曰："蔡瑁被诛，蔡氏宗族，皆在军中。瑁之族弟蔡中、蔡和现为副将。丞相可以恩结之，差往诈降东吴，必不见疑。"

操从之，当夜密唤二人入帐嘱咐曰："汝二人可用些少军士，去东吴诈降。但有动静，使人密报。事成之后，重加封赏，休怀二心。"二人曰："吾等妻子俱在荆州，安敢怀二心？丞相勿疑。某二人必取周瑜、诸葛亮之首，献于麾下。"操厚赏之。次日，二人带五百军士，驾船数只，顺风往南岸来。

且说周瑜正理会进兵之事，忽报江北有船来到江口，称是蔡瑁之弟蔡和、蔡中特来投降。瑜唤入。二人哭拜曰:"吾兄无罪,被曹贼所杀。吾二人欲报兄仇,特来投降。望赐收录。愿为前部。"

瑜大喜,重赏二人,即命与甘宁引军为前部。二人拜谢,以为中计。瑜密唤甘宁吩咐曰:"此二人不带家小,非真投降,乃曹操使来为奸细者,吾今欲将计就计,教他通报消息。汝可殷勤相待,就里提防。至出兵之日,先要杀他两个祭旗。汝切须小心,不可有误。"

甘宁领命而去。鲁肃(字子敬)入见周瑜曰:"蔡中、蔡和之降,多应是诈,不可收用。"瑜叱曰:"彼因曹操杀其兄,欲报仇而来降,何诈之有? 你若如此多疑,安能容天下之士乎!"

肃默然而退,乃往告孔明。孔明笑而不言。肃曰:"孔明何故哂笑?"孔明曰:"吾笑子敬不识公瑾用计耳。大江隔远,细作极难往来。操使蔡中、蔡和诈降,窃探我军中事,公瑾将计就计,正要他通报消息。兵不厌诈,公谨之谋是也。"肃方才省悟。

再说周瑜夜坐帐中,忽见黄盖(字公覆)独潜入中军来见。瑜曰:"公覆夜至,必有良谋见教。"盖曰:"彼众我寡,不宜久持,何不用火攻之?"瑜曰:"谁教公献此计?"盖曰:"某出自己意,非他人所教也。"瑜曰:"吾正欲如此,故留蔡中、蔡和诈降之人,以通消息,但恨无一人为我行诈降计耳。"盖曰:"某愿行此计。"瑜曰:"不受些苦,彼如何肯信?"盖曰:"某受吴侯厚恩,虽肝脑涂地,亦无怨悔。"瑜拜而谢之曰:"君若肯行此苦肉计,则江东之万幸也。"盖曰:"某死亦无怨。"遂谢而出。

次日,周瑜鸣鼓大会诸将于帐下。孔明亦在座。周瑜曰:"操引百万之众,连接三百余里,非一日可破。今令诸将各领三个月粮草,准备御敌。"

言未讫,黄盖进曰:"莫说三个月,便支三十个月粮草,也不济事。若是这个月能破便破;若是这个月不能破,只可依张昭之言,弃甲倒戈,北面而降之耳。"

周瑜勃然变色大怒曰:"吾奉主公之命,督兵破曹,敢有再言降者必斩!今两军相敌之际,汝敢出此言,慢我军心,不斩汝首,难以服众!"喝左右将黄盖斩讫报来。黄盖亦怒曰:"吾自随孙将军,纵横东南,已历三世,哪有你来!"

瑜大怒，喝令速斩。甘宁进前告曰："黄盖乃东吴旧臣，望宽恕之。"瑜喝曰："汝何敢多言，乱吾法度！"先叱左右将甘宁乱棒打出。众官皆跪告曰："黄盖罪固当诛，但于军不利。望都督宽恕，权且记罪。破曹之后，斩亦未迟。"

瑜怒未息。众官苦苦告求。瑜曰："若不看众官面皮，决须斩首！今且免死！"命左右："拖翻打一百脊杖，以正其罪！"众官又告免。瑜推翻案桌，叱退众官，喝教行杖。将黄盖剥了衣服，拖翻在地，打了五十脊杖。众官又复苦苦求免。瑜跃起指盖曰："汝敢小觑我耶？且记下五十棍！再有怠慢，二罪俱罚！"恨声不绝而入帐中。

众官扶起黄盖，打得皮开肉绽，鲜血迸流。扶归本寨，昏绝几次。动问之人，无不下泪。鲁肃也往看问了，来至孔明船中，谓孔明曰："今日公瑾怒责黄盖，我等皆是他部下，不敢犯颜苦谏。先生是客，何故袖手旁观，不发一语？"孔明笑曰："子敬欺我。"肃曰："肃与先生渡江以来，未尝一事相欺，今何出此言？"孔明曰："子敬岂不知公瑾今日毒打黄盖，乃其计耶？如何还要我劝他？"肃方悟。孔明曰："不用苦肉计，何能瞒得曹操？今必令黄盖前去诈降，却教蔡中、蔡和报知其事矣。子敬见公瑾时，切勿言亮先知其事，只说亮也埋怨都督便了。"

肃辞去，入帐见周瑜。瑜邀入帐后。肃曰："今日何故要痛责黄盖？"瑜曰："诸将怨否？"肃曰："多有心中不安

者。"瑜曰："孔明之意若何?"肃曰："他也埋怨都督忒情薄。"瑜笑曰："今番须瞒过他也。"肃曰："何谓也?"瑜曰："今日痛打黄盖,乃计也。吾欲令他诈降,先须用苦肉计瞒过曹操,就中用火攻之,可以取胜。"肃乃暗思孔明之高见,却不敢明言。

且说黄盖卧于帐中,诸将皆来动问。盖不言语,但长吁而已。忽报参谋阚泽来问。盖令请入卧内,叱退左右。阚泽曰："将军莫非与都督有仇?"盖曰："非也。"泽曰："然则公之受责,莫非苦肉计乎?"盖曰："何以知之?"泽曰："某观公瑾举动,已料着八九分。"盖曰："某受吴侯三世厚恩,无以为报,故献此计,以破曹操。肉虽受苦,亦无所恨。吾遍观军中,无一人可为心腹者。唯公素有忠义之心,敢以心腹相告。"泽曰:"公之告我,无非要我献诈降书耳。"盖曰:"实有此意。未知肯否?"

原来阚泽字德润,会稽山阴人也。家贫好学,尝借人书来看,看过一遍,便不遗忘。既有口才,又有胆气。孙权召为参谋,与黄盖最相善。盖知其能言有胆,故欲使献诈降书。泽欣然应诺曰:"大丈夫处世,不能立功建业,不几与草木同腐乎!公既捐躯报主,泽便又何惜微生?"黄盖滚下床来,拜而谢之。泽曰:"事不可缓,即今行。"盖曰:"书已修下了。"

泽领了书,就在当夜扮作渔翁,驾小舟,往北岸而行。是夜寒星满天,三更时候,早到曹军水寨。巡江军士拿住,连夜报知曹操。操曰:"莫非是奸细么?"军士曰:"只一渔翁,自称是东吴参谋阚泽,有机密事来见。"操便教引将入来。军士引阚泽至,只见帐上灯烛辉煌。曹操凭几高坐,问曰:"汝既是东吴参谋,来此何干?"泽曰:"人言曹丞相求贤若渴,今听此问,甚不相合。黄盖,汝又错寻思了也!"

操曰:"吾与东吴旦夕交兵,汝私行到此,如何不问?"泽曰:"黄盖乃东吴三世旧臣,今被周瑜于众将之前无端毒打,不胜愤恨。因欲投降丞相,为报仇之计,特谋之于我。我与黄盖,情同骨肉,径来为献密书。未知丞相肯容纳否?"操

闿泽

曰："书在何处？"阚泽取书呈上。操拆书，就灯下观看。书
略曰：

　　盖受孙氏厚恩，本当不怀二心。然以今日事势论
之，用江东六郡之卒，挡中国百万之师，众寡不敌，海内
所共见也。东吴将吏，无论智愚，皆知其不可。周瑜小
子，自负其能，辄欲以卵敌石，兼之擅作威福，无罪加
刑，有功不赏。盖系旧臣，无端被辱，心实恨之。伏闻
丞相诚心待物，虚怀纳士，盖愿率众归降，以图建功雪
耻。粮草车仗，随船献纳。泣血拜白，万勿见疑。

曹操于几案上反复将书看了十余次,忽然拍案张目大怒曰:"黄盖用苦肉计,令汝下诈降书,就中取事,却敢来戏侮我耶!"便教左右推出斩之。左右将阚泽拥下。泽面不改色,仰天大笑。操教牵回,叱曰:"吾已识破奸计,汝何故哂笑?"泽曰:"吾不笑你,吾笑黄盖不识人耳。"操曰:"何不识人?"泽曰:"杀便杀,何必多问?"操曰:"吾自幼熟读兵书,深知奸伪之道。汝这条计,只好瞒别人,如何瞒得我!"泽曰:"你且说书中哪件事是奸计?"操曰:"我说出你那破绽,教你死而无怨!你既是真心献书投降,如何不明约几时?如今

国韵故事汇

你有何理说?"

阚泽听罢,大笑曰:"亏汝不惶恐,敢自夸熟读兵书! 还不及早收兵回去! 倘若交战,必被周瑜擒矣! 无学之辈,可惜吾屈死汝手!"操曰:"何谓我无学?"泽曰:"汝不识机谋,不明道理,岂非无学?"操曰:"你且说我哪几般不是处?"泽曰:"汝无待贤之礼,吾何必言? 但有死而已。"操曰:"汝若说得有理,我自然敬服。"泽曰:"岂不闻'背主作窃,不可定期'。倘今约定日期,急切下不得手,这里反来接应,事必泄漏。只能觑便而行,岂可预期相订乎? 汝不明此理,欲屈杀好人,真无学之辈也!"

操闻言,改容下席而谢曰:"某见事不明,误犯尊威,幸勿挂怀。"泽曰:"吾与黄盖,倾心投降,如婴儿之望父母,岂有诈乎?"操大喜曰:"若二人能建大功,他日受爵,必在诸人之上。"泽曰:"某等非为爵禄而来,实应天顺人耳。"操取酒待之。

少顷,有人入帐,于操耳边私语。操曰:"将书来看。"其人以密书呈上。操观之,颜色颇喜。阚泽暗思:"此必蔡中、蔡和来报黄盖受刑消息,操故喜我投降之事为真实也。"操曰:"烦先生再回江东,与黄盖约定,先通消息过江,吾以兵接应。"泽曰:"某已离江东,不可复还。望丞相别遣机密人去。"操曰:"若他人去,事恐泄漏。"泽再三推辞,良久,乃曰:"若去则不可久停,便当行矣。"

操赐以金帛，泽不受，辞别出营，再驾扁舟，重回江东，来见黄盖，细说前事。盖曰："非公能辩，则盖徒受苦矣。"泽曰："吾今去甘宁寨中，探蔡中、蔡和消息。"盖曰："甚善。"泽至宁寨，宁接入。泽曰："将军昨日为救黄盖，被周公瑾所辱，吾甚不平。"宁笑而不答。

正话间，蔡和、蔡中至，泽以目送甘宁。宁会意，乃曰："周瑜只自恃其能，全不以我等为念。我今被辱，羞见江左诸人！"说罢，咬牙切齿，拍案大叫。泽乃虚与宁耳边低语。宁低头不言，长叹数声。

蔡和、蔡中见泽、宁皆有反应，以言挑之曰："将军何故烦恼？先生有何不平？"泽曰："吾等腹中之苦，汝岂知耶？"蔡和曰："莫非欲背吴投曹耶？"阚泽失色。甘宁拔剑而起曰："吾事已为窥破，不可不杀之以灭口！"

蔡和、蔡中慌曰："二公勿忧。吾亦当以心腹之事相

告。"宁曰:"可速言之。"蔡和曰:"吾二人乃曹公使来假降者。二公若有归顺之心,吾当引进。"宁曰:"汝言果真乎?"二人齐声曰:"安敢相欺?"宁假喜曰:"若如此,是天赐其便也!"二蔡曰:"黄盖与将军被辱之事,吾已报知丞相矣。"泽曰:"吾已为黄盖献书丞相,今特来见兴霸相约同降耳。"宁曰:"大丈夫既遇明主,自当倾心相投。"

于是四人共饮,同论心事。二蔡即时写书,密报曹操,说"甘宁与某同为内应"。阚泽另自修书,遣人密报曹操。书中具言黄盖欲来,未得其便,但看船头插青牙旗而来者,即是也。

火烧赤壁

却说曹操连得二蔡与阚泽二书。心中疑惑不定,聚众谋士商议曰:"江左甘宁,被周瑜所辱,愿为内应;黄盖受责,令阚泽来纳降。俱未可深信。谁敢直入周瑜寨中,探听实信?"蒋干进曰:"某前日空往东吴,未得成功,深怀惭愧。今愿舍身再往,务得实信,回报丞相。"操大喜,即时令蒋干上船。干驾小舟,径到江南水寨边,便使人传报。

周瑜听得干又到,大喜曰:"吾之成功,只在此人身上。"遂嘱咐鲁肃:"请庞士元来,为我如此如此。"原来襄阳庞统,字士元,因避乱寓居江东。鲁肃曾荐之于周瑜,统未及往见。瑜先使肃问计于统曰:"破曹当用何策?"统密谓肃曰:"欲破曹兵,须用火攻。但大江面上一船着火,余船四散,除非献'连环计',教他钉作一处,然后功可成也。"肃以告瑜,瑜深服其论,因谓肃曰:"为我行此计者,非庞士元不可。"肃曰:"只怕曹操奸猾,如何去得?"

周瑜沉吟未决,正寻没个机会,忽报蒋干又来。瑜大喜,一面吩咐庞统用计,一面坐于帐

庞统

上,使人请干。干见不来接,心中疑虑,教把船于僻静岸口缆系,乃入寨见周瑜。瑜作色曰:"子翼何故欺我太甚?"蒋干笑曰:"吾想与你乃旧日弟兄,特来吐心腹事,何言相欺也?"瑜曰:"汝要说吾降,除非海枯石烂!前番吾念旧日交情,请你痛饮一醉,留你共榻。你却盗吾私书,不辞而去,归报曹操,杀了蔡瑁、张允,致使吾事不成。今日无故又来,必不怀好意!吾不看旧日之情,一刀两断!本待送你过去,争奈吾一二日间,便要破曹贼,若留你在军中,又必有泄漏。"便教左右:"送子翼往西山庵中歇息。待吾破了曹操,那时渡你过去未迟。"

蒋干再欲开言。周瑜已入帐后去了。左右取马与蒋干乘坐,送到西山小庵歇息,拨两个军人服侍。干在庵内,心中忧闷，寝食不安。是夜星露满天，独步出庵后，只听得读书之声，信步寻去，见山岩畔有草屋数椽，内射灯光。干往窥之，只见一人，挂剑灯前，诵孙、吴兵书。干思："此必异人也。"叩户请见。其人开门出迎，仪表非俗。干问姓名，答曰："姓庞，名统，字士元。"干曰："莫非凤雏先生否？"统曰："然也。"干喜曰："久闻大名，今何僻居此地？"答曰："周瑜自恃才高，不能容物，吾故隐居于此。公乃何人？"干曰："吾蒋干也。"

统乃邀入草庵，共坐谈心。干曰："以公之才，何往不利？如肯归曹，干当引进。"统曰："吾亦欲离江东久矣。公既有引进之心，即今便当一行。如迟，则周瑜闻之，必将

见害。"

于是与干连夜下山，至江边寻着原船只，飞棹投江北。既至操寨，干先入见，备述前事，操闻凤雏先生来，亲自出帐迎入，分宾主坐定，问曰："周瑜年幼，恃才欺众，不用良谋。操久闻先生大名，今得惠顾，乞不吝教诲。"统曰："某素闻丞相用兵有法，今愿一睹军容。"

操教备马，先邀统同观旱寨。统与操并马登高而望。统曰："傍山依林，前后顾盼，出入有门，进退曲折，虽孙吴再生，亦不过此矣。"操曰："先生勿得过誉，尚望指教。"于是又与同观水寨。见向南分二十四座门，皆有艨艟战舰，列为城郭，中藏小船，往来有巷，起伏有序。统笑曰："丞相用兵如此，名不虚传！"因指江南而言曰："周郎！周郎！克期必亡！"

操大喜。回寨，请入帐中，置酒共饮，同说兵机。统高谈雄辩，应答如流。操深敬服，殷勤相待。统佯醉曰："敢问军中有良医否？"操问何用。统曰："水军多疾，须用良医治之。"时操军因不服水土，俱生呕吐之疾，多有死者。操正虑此事，忽闻统言，如何不问？统曰："丞相教练水军之法甚妙，但可惜不全。"操再三请问。统曰："某有一策，使大小水军，并无疾病，安稳成功。"

操大喜，请问妙策。统曰："大江之中，潮生潮落，风浪不息。北军不惯乘舟，受此颠簸，便生疾病。若以大船小船各皆配搭,或三十为一排,或五十为一排,首尾用铁环连锁,上铺阔板,休言人可渡,马亦可走矣。乘此而行,任他风浪潮水上下,复何惧哉?"曹操下席而谢曰:"非先生良谋,安能破东吴耶!"统曰:"愚浅之见,丞相自裁之。"操即时传令,唤军中铁匠,连夜打造连环大钉,锁住船只。诸军闻之,俱各喜悦。

庞统又谓操曰:"某观江左豪杰,多有怨周瑜者。某凭三寸舌,为丞相说之,使皆来降。周瑜孤立无援,必为丞相所擒。瑜既破,则刘备无所用矣。"操曰:"先生果能成大功,操请奏闻天子,封为三公之列。"统曰:"某非为富贵,便欲救万民耳。丞相渡江,慎勿杀害。"操曰:"吾替天行道,安忍杀戮人民!"统拜求榜文,以安宗族。操曰:"先生家属,现居何处?"统曰:"只在江边。若得此榜,可保全矣。"操命写榜金押付统。统拜谢曰:"别后可速进兵,休待周郎知觉。"操然之。

统拜别,至江边,正欲下船,忽见岸上一人,道袍竹冠,一把扯住统曰:"你好大胆!黄盖用苦肉计,阚泽下诈降书,你又来献连环计,只恐烧不尽绝!这等毒手,只好瞒曹操,须瞒我不得!"庞统闻言,吃了一惊,回视其人,却是徐庶。统见是故人,心下方定,回顾左右无人,乃曰:"你若说破我计,可惜江南八十一州百姓,皆是你送了也!"庶笑曰:"此间八十三万人马,性命如何?"统曰:"元直真欲破我计耶?"庶曰："吾感刘皇叔厚恩，未尝忘报。曹操送死吾母，吾已说过终身不设一谋，今安肯破兄良策？只是我亦随军在此，兵败之后，玉石不分，岂能免难？君当教我脱身之术，我即缄口远避矣。"统笑曰："元直如此高见远识，谅此有何难哉？"庶曰："愿先生赐教。"统去徐庶耳边，略说几句。庶大喜，拜谢。庞统别却徐庶，下船自回江东。

且说徐庶当晚密使近人去各寨中暗布谣言。次日，寨中三三五五，交头接耳而说。早有探事人报知曹操，说："军中传言西凉州韩遂、马腾谋反，杀奔许都来。"操大惊，急聚众谋士商议曰："吾引兵南征，心中所忧者，韩遂、马腾耳。军中谣言，虽未辨虚实，然不可不防。"

言未毕，徐庶进曰："庶蒙丞相收录，恨无寸功报效。请得三千人马，星夜往散关把住隘口。如有紧急，再行告报。"操喜曰："若得元直去，吾无忧矣。散关之上，亦有军兵，公统领之。目下拨三千马步军，命臧霸为先锋，星夜前去，不可稽迟。"徐庶辞了曹操，与臧霸便行。此便是庞统救徐庶之计。

曹操自遣徐庶去后，心中稍安，遂上马先看沿江旱寨，次看水寨。乘大船一只于中央，上建"帅"字旗号，两旁皆列水寨，船上埋伏弓弩千张。操居于上。时建安十三年冬十一月十五日，天气晴明，平风静浪。操令置酒设乐于大船之上，会聚众将，畅饮、赋诗，按下不提。

却说周瑜与诸葛亮既定共破曹操之策，诸事早安排妥当，只待二十日东风一起，便可进兵。诸葛亮遂回去调遣兵马，准备擒捉曹操。周瑜请程普、鲁肃一班军官，在帐中伺候，一面关报孙权接应。黄盖已自准备火船二十只，船头密布大钉，船内装载芦苇干柴，灌以鱼油，上铺硫磺、焰硝引火之物，各用青布油单遮盖。船头上插青龙牙旗，船尾各系走舸。在帐下听候，只等周瑜号令。甘宁、阚泽窝盘蔡和、蔡中在水寨中，每日饮酒，不放一卒登岸。周围尽是东吴军马，把得水泄不通，只等帐上号令下来。

周瑜正在帐中坐议，探子来报："吴侯船只离寨八十五里停泊，只等都督好音。"瑜即差鲁肃遍告各部下官兵将士："俱各收拾船只、军器、帆橹等物。号令一出，时刻休违。倘有违误，即按军法。"众兵将得令，一个个摩拳擦掌，准备厮杀。

是日看看近夜，天色清明。及将近三更时分，忽听风声响，旗幡转动。瑜出帐看时，旗带竟飘西北，遂唤集诸将听令。先教甘宁带了蔡中并降卒沿南岸而走："只打北军旗号，直取乌林地面，正当曹操屯粮之所。深入军中，举火为号。只留下蔡和一人在帐下，我有用处。"第二唤太史慈吩咐："你可领三千兵，直奔黄州地界，断曹操合淝接应之兵，就逼曹兵放火为号。只看红旗，便是吴侯接应兵到。"这两队兵最远，先发。第三唤吕蒙领三千兵，去乌林接应甘宁，焚烧曹操寨栅。第四唤凌统领三千兵，直截彝陵界首，只看乌林起火，以兵应之。第五唤董袭领三千兵，直取汉阳，从汉川杀奔曹操寨中，看白旗接应。第六唤潘璋领三千兵，尽打白旗，往汉阳接应董袭。

六队船只，各自分路去了。却令黄盖安排火船，使小卒驰书约曹操，今夜来降。一面拨战船四只，随于黄盖船后接应。第一队领兵军官韩当，第二队领兵军官周泰，第三队领兵军官蒋钦，第四队领兵军官陈武。四队各引战船三百只，前面各排列火船二十只。周瑜自与程普在大艨艟上督战，徐盛、丁奉为左右护卫，只留鲁肃共阚泽及众谋士守寨。

却说孙权差使命持兵符至，说已差陆逊为先锋，直抵蕲、黄地面进兵，吴侯自为后应。瑜又差人西山放火炮，南屏山举号旗。个个准备停当，只等黄昏举动。

话分两头。且说刘玄德在夏口专候孔明回来，忽见一队船到，乃是公子刘琦自来探听消息。玄德请上敌楼坐定，说："东南风起多时，子龙去接孔明，至今不见到，吾心甚忧。"小校遥指樊口港上："一帆风送扁舟来到，必军师也。"玄德与刘琦下楼迎接。须臾船到，孔明、子龙登岸。玄德大喜。问候毕，孔明曰："且无暇告诉别事。前者所约军马战船，皆已办否？"玄德曰："收拾久矣，只候军师调用。"

孔明便与玄德、刘琦升帐坐定，谓赵云曰："子龙可带三千军马，渡江径取乌林小路，拣树木芦苇密处埋伏。今夜四

更以后，曹操必然从那条路奔走。等他军马过，就半中间放起火来。虽然不杀他尽绝，也杀他一半。"云曰："乌林有两条路，一条通南郡，一条取荆州。不知向哪条路来？"孔明曰："南郡势迫，曹操不敢往，必来荆州，然后大军投许昌而去。"云领计去了。

又唤张飞曰："翼德可领三千兵渡江，截断彝陵这条路，去葫芦谷口埋伏。曹操不敢走南彝陵，必往北彝陵去。来日雨过，必然来埋锅造饭。只看烟起，便就山边放起火来。虽然捉不得曹操，翼德这场功，料也不小。"飞领计去了。

又唤糜竺、糜芳、刘封三人，各驾船只，绕江剿擒败军，夺取器械。三人领计去了。孔明起身，谓公子刘琦曰："武昌一望之地，最为紧要。公子便请回，率领所部之兵，陈于岸口。操一败必有逃来者，就而擒之，却不可轻离城郭。"刘琦便辞玄德、孔明去了。孔明谓玄德曰："主公可于樊口屯兵，凭高而望，坐看今夜周郎成大功也。"

时云长在侧，孔明全然不睬，云长忍耐不住，乃高声曰："关某自随兄长征战许多年，未尝落后。今日逢大敌，军师却不委用，此是何意？"孔明笑曰："云长勿怪。某本欲烦足下把一个最紧要的隘口，怎奈有些违碍处，不敢教去。"云长曰："有何违碍？愿即见谕。"孔明曰："昔日曹操待足下甚厚，足下当有以报之。今日操兵败，必走华容道。若令足下去时，必然放他过去。因此不敢教去。"

云长曰："军师好心多！当日曹操果是重待某，某已斩颜良，诛文丑，解白马之围，报过他了。今日撞见，岂肯轻放！"孔明曰："倘若放了时，却如何？"云长曰："愿依军法。"孔明曰："如此，立下文书。"云长便与了军令状。云长曰："若曹操不从那条路上来如何？"孔明曰："我亦与你军令状。"

云长大喜。孔明曰："云长可于华容小路高山之处，堆积柴草，放起一把火，引曹操来。"云长曰："曹操望见烟，知有埋伏，如何肯来？"孔明笑曰："岂不闻兵法虚虚实实之论？操虽能用兵，只此可以瞒过他也。他见烟起，将谓虚张声势，必然投这条路来。将军休得容情。"

云长领了将令，引关平、周仓并五百校刀手，投华容道埋伏去了。玄德曰："吾弟义气深重，若曹操果然投华容道去时,只恐端的放了。"孔明曰:"亮预料操贼未合身亡,留这人情,教云长做了,亦是美事。"玄德曰:"先生神算,世所罕及!"孔明遂与玄德往樊口,看周瑜用兵,留孙乾、简雍守城。

却说曹操在大寨中,与众将商议,只等黄盖消息。当日东南风起甚紧,程昱入告曹操曰:"今日东南风起,宜预提防。"操笑曰:"冬至一阳生,来复之时,安得无东南风?何足为怪?"

军将忽报江东一只小船来到,说有黄盖密书。操急唤入。其人呈上书。书中诉说:"周瑜关防得紧,因此无计脱身。今有鄱阳湖新运到粮,周瑜差盖巡江,已有方便。好歹杀江东名将,献首来降。只在今晚三更,船上插青龙牙旗者,即粮船也。"操大喜,遂与众将来到水寨中大船上,观望黄盖船到。

再说江东天色向晚,周瑜唤出蔡和,令军士缚倒。捉至江边皂纛旗下,奠酒烧纸,斩了蔡和,用血祭旗毕,便令开船。黄盖在第三只火船上,独披掩心,手提利刃,旗上大书"先锋黄盖"。盖乘一天顺风,往赤壁进发。

是时东风大作,波浪淘涌。操在中军遥望隔江,看看月上,照耀江水,如万道金蛇,翻波戏浪。操迎风大笑,自以为得志。忽一军指说:"江南隐隐一簇帆幔,使风而来。"操凭高望之。报称:"皆插青龙牙旗。内中有大旗,大书先锋黄盖名字。"操笑曰:"公覆来降,此天助我也!"

来船渐近。程昱观望良久，谓操曰："来船必诈。且休教近寨。"操曰："何以知之？"程昱曰："粮在舟中，船必稳重。今观来船，轻而且浮，更兼今夜东南风甚紧，倘有诈谋，何以挡之？"操省悟，便问："谁去止之？"文聘曰："某在水上颇熟，愿请一往。"言毕，跳下小船，用手一指，十数只巡船，随文聘船出。聘立在船头，大叫："丞相钧旨，南船且休近寨，就江心抛住。"众军齐喝："快下了篷！"

言未绝，弓弦响处，文聘被箭射中左臂，倒在船中。船上大乱，各自回奔。南船距操寨，只隔二里水面。黄盖用刀一招，前船一齐发火。火趁风威，风助火势，船如箭发，烟焰障天。二十只火船，撞入水寨。操寨中船只一时尽着，又被铁环锁住，无处逃避。隔江炮响，四下火船齐到，但见江面上火逐风飞，一派通红，漫天彻地。

曹操回观岸上营寨，几处烟火。黄盖跳在小船上，背后数人驾舟，冒烟突火，来寻曹操。操见势急，方欲跳上岸，忽张辽驾一小脚船，扶操下得船时，那只大船已烧着了。张辽与十数人保护曹操，飞奔岸口。黄盖望见穿绛红袍者下船，料是曹操，乃催船速进，手提利刃，高声大叫："曹贼休走！黄盖在此！"操叫苦连声。张辽拈弓搭箭，觑黄盖较近，一箭射去。此时风声正大，黄盖在火光中，哪里听得弓弦响，正中肩窝，翻身落水。

张辽既射黄盖下水，救得曹操登岸，急急寻着马匹走时,军已大乱。是时,韩当冒烟突火来攻水寨,忽听得士卒报道:"后梢舵上一人,高叫将军表字。"韩当细听,但闻高叫:"义公救我!"当曰:"此黄公覆也!"急教救起。见黄盖负着箭伤,咬出箭杆,箭头陷在肉内。韩当急为脱去湿衣,用刀剜出箭头,扯旗束之,脱自己战袍与黄盖穿了,先令别船送回大寨医治。原来黄盖深知水性,故大寒之时,和甲堕江,也逃得性命。

却说当时满江火滚,喊声震地。左边是韩当、蒋钦,两军从赤壁西边杀来;右边是周泰、陈武,两军从赤壁东边杀来;正中是周瑜、程普、徐盛、丁奉,大队船只都到。火须兵应,兵仗火威。此正是三江水战,赤壁鏖兵。曹军着枪中箭、火焚水溺者,不计其数。

不说江中鏖兵。且说甘宁令蔡中引入曹寨深处，宁将蔡中一刀砍于马下，就草上放起火来。吕蒙遥望中军火起，也放十数处火，接应甘宁。潘璋、董袭分头放火呐喊，四下里鼓声大震。曹操与张辽引百余骑，在火林内走，看前面无一处不着。

正走之间，毛玠救得文聘，引十数骑到。曹操令军寻路。张辽指道："只有乌林地面，空阔可走。"操径奔乌林。

正走间，背后一军赶到，大叫："曹贼休走！"火光中现出吕蒙旗号。操催军马向前，留张辽断后，抵敌吕蒙。却见前面火把又起，从山谷中涌出一军，大叫："凌统在此！"曹操肝胆皆裂。忽刺斜里一彪军到，大叫："丞相休慌！徐晃在此！"彼此混战一场，一路往北而走。忽见一队军马，屯在山坡前。徐晃出问，乃是袁绍手下降将马延、张𫖮，有三千北地军马，列寨在彼，当夜见满天火起，未敢轻动，恰好接着曹操。

操教二将引一千军马开路，其余留着护身。操得这支生力军马，心中稍安。马延、张𫖮二将飞骑前行。不到十里，喊声起处，一彪军出。为首一将，大呼曰："吾乃东吴甘兴霸也！"马延正欲交锋，早被甘宁一刀斩于马下。张𫖮挺枪来迎，宁大喝一声，措手不及，被宁手起一刀，翻身落马。后军飞报曹操。

操此时只望合淝有兵救应。不想孙权在合淝路口，望见江中火光，知是自家军得胜，便教陆逊举火为号。太史慈见了，与陆逊合兵一处，冲杀将来。操只得往彝陵而走。路上撞见张郃，操令断后。纵马加鞭，走至五更，回望火光渐远，操心方定，问曰："此是何处？"左右曰："此是乌林之西，宜都之北。"

操见树木丛杂，山川险峻，乃于马上仰面大笑不止。诸将闻曰："丞相何故大笑？"操曰："吾不笑别人，单笑周瑜无谋，诸葛亮少智。若是吾用兵之时，预先在这里伏下一军，如之奈何？"

说犹未了，两边鼓声震动，火光冲天而起，惊得曹操几乎堕马。刺斜里一彪军杀出，大叫："我赵子龙奉军师将令，在此等候多时了！"操叫徐晃、张郃双敌赵云，自己冒烟突火而去。子龙不来追赶，只顾抢夺旗帜。曹操得脱。

天色微明，黑云罩地，东南风尚不息。忽然大雨倾盆，湿透衣甲。操与军士冒雨而行，诸军皆有饥色。操令军士往村落中劫掠粮食，寻觅火种。方欲造饭，后面一军赶到。操心甚慌。原来却是李典、许褚保护着众谋士来到。

操大喜，令军马且行，问："前面是哪里地面？"人报："一边是南彝陵大路，一边是北彝陵山路。"操问："哪里投南郡江陵去近？"军士禀曰："取南彝陵过葫芦口去最便。"操教走南彝陵。行至葫芦口，军皆饥馁，行走不上，马亦困乏，多有倒于路者。操教前面暂歇。马上有带得炉锅的，也有村中掠得粮米的，便就山边拣干处理锅造饭，割马肉烧吃。尽皆脱去湿衣，于风头吹晒。马皆摘鞍野放，咽咬草根。

操坐于疏林之下，仰面大笑。众官问曰："适来丞相笑周瑜诸葛亮，引惹出赵子龙来，又折了许多人马，如今为何又笑？"操曰："吾笑诸葛亮、周瑜，毕竟智谋不足。若是我用兵时，就这个去处，也埋伏一彪军马，以逸待劳。我等纵然脱得性命，也不免重伤矣。彼见不到此，我是以笑之。"

正说间，前军后军一齐发喊。操大惊，弃甲上马。众军多有不及收马者。早见四下火烟布合，山口一军摆开，为首乃燕人张翼德，横刀立马，大叫："操贼走哪里去！"诸军众将见了张飞，尽皆胆寒。许褚骑无鞍马，来战张飞。张辽、徐晃二将，纵马也来夹攻。两边军马混战作一团。操先将马走脱，诸将各自脱身。张飞从后赶来。操迤逦奔逃，追兵渐远，回顾众将多已带伤。

正行间，军士禀曰："前面有两条路，请问丞相从哪条路去？"操问："哪条路近？"军士曰："大路稍平，却远五十余里；小路投华容道，却近五十余里，只是地窄路险，坑坎难行。"操令人上山观望，回报："小路山边有数处烟起。大路并无动静。"操教前军便走华容道小路。诸将曰："烽烟起处，必有军马，何故反走这条路？"操曰："岂不闻兵书有云：'虚则实之，实则虚之。'诸葛亮多谋，故使人于山僻烧烟，使我军不敢从这条山路走，他却伏兵于大路等着。吾料已定，偏不教中他计！"诸将皆曰："丞相妙算，人所不及。"遂勒兵走华容道。此时人皆饥倒，马尽困乏。焦头烂额者扶策而行，中箭着枪者勉强而走。衣甲湿透，个个不全，军器旗幡，纷纷不整，大半皆是彝陵道上被赶得慌，只骑得秃马，鞍辔衣服，尽皆抛弃。正值隆冬严寒之时，其苦何可胜言。

操见前军停马不进，问是何故？回报曰："前面山僻路小，因早晨下雨，坑堑内积水不流，泥陷马蹄，不能前进。"操大怒叱曰："军旅逢山开路，遇水叠桥，岂有泥泞不堪行之理！"传下号令，教老弱中伤军士在后慢行，强壮者担土束柴，搬草运芦，填塞道路，务要即时行动，如违令者斩。众军只得都下马，就路旁砍伐竹木，填塞山路。操恐后军来赶，令张辽、许褚、徐晃引百骑执刀在手，但迟慢者便斩之。

操喝令人马沿栈而行，死者不可胜数。号哭之声，于路不绝。操怒曰："生死有命，何哭之有！如再哭者立斩！"三停人马：一停落后，一停填了沟壑，一停跟随曹操。过了险峻，路稍平坦。操回顾只有三百余骑随后，并无衣甲袍铠整齐者。操催速行。众将曰："马尽乏矣，只好少歇。"操曰："赶到荆州将息未迟。"又行不到数里，操在马上扬鞭大笑。众将问："丞相何又大笑？"操曰："人皆言周瑜、诸葛亮足智多谋，以吾观之，到底是无能之辈，若使此处伏一旅之师，吾等皆束手受缚矣。"

言未毕，一声炮响，两边五百校刀手摆开，为首大将关

云长，提青龙刀，跨赤兔马，截住去路。操军见了，亡魂丧胆，面面相觑。操曰：“既到此处，只得决一死战！”众将曰：“人纵然不怯，马力已乏，安能复战？”程昱曰：“某素知云长傲上而不忍下，欺强而不凌弱，恩怨分明，信义素著。丞相旧日有恩于彼，今只亲自告之，可脱此难。”操从其说，即纵马向前，欠身谓云长曰：“将军别来无恙？”云长亦欠身答曰：“关某奉军师将令，等候丞相多时。”操曰：“曹操兵败势危，到此无路，望将军以昔日之情为重。”云长曰：“昔日关某虽蒙丞相恩厚，然已斩颜良，诛文丑，解白马之围，以奉报矣。今日之事，岂敢以私废公？”操曰：“五关斩将之时，还能记否？丈夫以信义为重。还望将军不为已甚！”

云长是个义重如山之人，想起当日曹操许多恩义，与后来五关斩将之事，如何不动心？又见曹军惶惶皆欲垂泪，越发心中不忍。于是把马头勒回，谓众军曰："四散摆开。"这个分明是放曹操的意思。操见云长回马，便和众将一齐冲将过去。云长回身时，曹操已与众将过去了。云长大喝一声，众军皆下马，哭拜于地。云长愈加不忍。正犹豫间，张辽骤马而至。云长见了，又动故旧之情，长叹一声，并皆放去。

　　曹操既脱华容之难，行至谷口，回顾所随军兵，只有二十七骑。比及天晚，已近南郡，火把齐明，一簇人马拦路。操大惊曰："吾命休矣！"只见一群哨马冲到，方认得是曹仁军马。操才心安。曹仁接着，言："虽知兵败，不敢远离，只得在附近迎接。"操曰："几与汝不相见也！"

　　于是引众入南郡安歇。随后张辽也到，说云长之德。操点将校，中伤者极多，操皆令将息。

　　次日，操唤曹仁曰："吾今暂回许都，收拾军马，必来报仇。汝可保全南郡。吾有一计，密留在此，非急休开，急则开之。依计而行，使东吴不敢正视南郡。"仁曰："合淝、襄阳，谁可保守？"操曰："荆州托汝管领，襄阳吾已拨夏侯惇把守。合淝最为紧要之地，吾令张辽为主将，乐进、李典为副将，保守此地。但有缓急，飞报将来。"

　　操分拨已定，遂上马引众奔回许昌。荆州原降文武各官,依旧带回许昌调用。曹仁自遣曹洪据守彝陵南郡,以防周瑜。

却说关云长放了曹操,引军自回。此时诸路军马,皆得马匹、器械、钱粮,已回夏口;独云长不获一人一骑,空身回见玄德。孔明正与玄德作贺,忽报云长至。孔明忙离座席,执杯相迎曰:"且喜将军立此盖世之功,除普天下之大害。合宜远接庆贺。"

云长默然。孔明曰:"将军莫非因吾等不曾远接,故而不乐?"回顾左右曰:"汝等缘何不先报?"云长曰:"关某特来

请死。"孔明曰："莫非曹操不曾投华容道上来？"云长曰："是从那里来。关某无能，因此被他走脱。"孔明曰："拿得甚将士来？"云长曰："皆不曾拿。"孔明曰："此是云长想曹操昔日之恩，故意放了。但既有军令状在此，不得不按军法。"遂叱武士推出斩之。玄德曰："昔吾三人结义时，誓同生死。今云长虽犯法，不忍违却前盟。望权记过，容将功赎罪。"孔明方才饶了云长。

刘皇叔东吴招亲

却说玄德在荆州整顿军马，闻孙权合淝兵败，已回南徐，与孔明商议。孔明曰："亮夜观星象，见西北有星坠地，必应伤一皇族。"正言间，忽报公子刘琦病亡。玄德闻之，痛哭不已。孔明劝曰："生死分定，主公勿忧，恐伤贵体。且理大事。可急差人到彼守御城池，并料理葬事。"玄德曰："谁可去？"孔明曰："非云长不可。"即时便教云长前去襄阳保守。玄德曰："今日刘琦已死，东吴必来讨荆州，如何对答？"孔明曰："若有人来，亮自有言对答。"

过了半月，人报东吴鲁肃特来吊丧。孔明与玄德便出城迎接，接到公廨，相见毕。肃曰："主公闻令侄弃世，特具薄礼，遣某前来致祭。周都督再三致意刘皇叔、诸葛先生。"玄德、孔明起身称谢，收了礼物，置酒相待。肃曰："前者皇叔有言：'公子不在，即还荆州。'今公子已去世，必然见还。不识几时可以交

孙权

割？”玄德曰：“公且饮酒，有一个商议。”

　　肃强饮数杯，又开言相问。玄德未及回答，孔明变色曰：“子敬好不通理，直须待人开口！自我高皇帝开基立业，传至于今，不幸奸雄并起，各据一方，少不得天道好还，复归正统。我主乃中山靖王之后、孝景皇帝玄孙、今皇上之叔，岂不可分茅裂土？汝主乃钱塘小吏之子，素无功德于朝廷，今倚势力，占据六郡八十一州，尚自贪心不足，而欲并吞汉土。刘氏天下，我主姓刘倒无分，汝主姓孙，反要强争。且赤壁之战，我主多负勤劳，众将并皆用命，岂独是汝东吴之力？适来我主人不即答应者，以子敬乃高明之士，不待细说。何公不察之甚耶！”

一席话，说得鲁子敬缄口无言，半晌乃曰："孔明之言，怕不有理，争奈鲁肃身上甚是不便。"孔明曰："有何不便处？"肃曰："昔日皇叔当阳受难时，是肃引孔明渡江，见我主公；后来周公瑾欲与兵取荆州，又是肃挡住；至说待公子去世还荆州，又是肃担承。今却不应前言，教鲁肃如何回复？我主与周公瑾必然见罪。肃死不恨，只恐惹恼东吴，兴动干戈，皇叔亦不能安坐荆州，空为天下耻笑耳。"

孔明曰："曹操统百万之众，动以天子为名，吾亦不为意，岂惧周郎一小儿乎？若恐先生面上不好看，我劝主人立纸文书，暂借荆州为本，待我主别图得城池之时，便交付还东吴。此论如何？"肃曰："孔明待夺得何处，还我荆州？"孔明曰："中原急未可图，西川刘璋暗弱，我主将图之。若图得西川，那时便还。"

肃无奈，只得听从。玄德亲笔写成文书一纸，押了字。保人诸葛孔明也押了字。孔明曰："亮是皇叔这里人，难道自家作保？烦子敬先生也押个字，回见吴侯也好看。"肃曰："某知皇叔乃仁义之人，必不相负。"遂押了字，收了文书。宴罢辞回。玄德与孔明，送到船边。孔明嘱曰："子敬回见吴侯，善言伸意，休生妄想。若不准我文书，我翻了面皮，连八十一州都夺了。今只要两家和气，休教曹贼笑话。"

肃作别下船而回，先到柴桑郡见周瑜。瑜问曰："子敬讨荆州若何?"肃曰:"有文书在此。"呈与周瑜。瑜顿足曰:"子敬中诸葛之谋也。名为借地,实是混赖。他说取了西川便还,知他几时取西川?假如十年不得西川,十年不还。这等文书,如何中用,你却与他作保!他若不还时,必须连累足下。倘主公见罪,奈何?"

肃闻言,呆了半晌,曰:"想玄德不负我。"瑜曰:"子敬乃诚实人也。刘备枭雄之辈,诸葛亮奸猾之徒,恐不似先生心地。"肃曰:"若此,如之奈何?"瑜曰:"子敬是我恩人,如何不救你?你且宽心住数日,待江北探细的回,别有区处。"

过了数日,细作回报:"荆州城中扬起布幡做好事,城外别建新坟,军士各挂孝。"瑜惊问曰:"没了甚人?"细作曰:"刘玄德没了甘夫人,即日安排殡葬。"瑜谓鲁肃曰:"吾计成矣。使刘备束手就缚,荆州反掌可得。"肃曰:"计将安出?"瑜曰:"刘备丧妻,必将续娶。主公有一妹,极其刚勇,侍婢数百,居常带刀,房中军器摆列遍满,虽男子不及。我今上书主公,教人去荆州为媒,说刘备来入赘。赚到南徐,妻子不能够得,幽囚在狱中,却使人去讨荆州换刘备。等他交割了城池,我别有主意。于子敬身上,须无事也。"鲁肃拜谢。

周瑜写了书呈,选快船送鲁肃投南徐见孙权,先说借荆州一事,呈上文书。权曰:"你却如此糊涂!这样文书,要他何用!"肃曰:"周都督有书呈在此,说用此计,可得荆州。"

权看毕,点头暗喜,寻思:"谁人可去?"猛然省曰:"非吕范不可。"遂召吕范至，谓曰："近闻刘玄德丧妇。吾有一妹，欲招赘玄德为婿，永结姻亲，同心破曹，以扶汉室。非子衡不可为媒，望即往荆州一言。"范领命，即日收拾船只，带数个从人，往荆州来。

却说玄德自没了甘夫人，昼夜烦恼。一日，正与孔明闲叙，人报东吴差吕范到来。孔明笑曰："此乃周瑜之计，必为荆州之故。亮只在屏风后潜听。但有甚说话，主公都应承了。留来人在馆驿中安歇，别做商议。"

玄德教请吕范入，礼毕坐定。茶罢，玄德问曰："子衡来，必有所谕。"范曰："范近闻皇叔失偶，有一门好亲，故不避嫌，特来做媒。未知尊意如何？"玄德曰："中年丧妻，大不幸也。骨肉未寒，安忍便议亲？"范曰："人若无妻，如屋无梁，岂可中道而废人伦？吾主吴侯有一妹，美而贤，堪奉箕帚。若两家共结秦晋之好，则曹贼不敢正视东南也。此事

家国两便，请皇叔无疑。但我国太吴夫人甚爱幼女，不肯远嫁，必求皇叔到东吴就婚。"玄德曰："此事吴侯知否？"范曰："不先禀吴侯，如何敢造次来说！"玄德曰："吾年已半百，鬓发斑白。吴侯之妹，正当妙龄，恐非配偶。"范曰："吴侯之妹，身虽女子，志胜男儿。常言：'若非天下英雄，吾不事之。'今皇叔名闻四海，正所谓淑女配君子，岂以年齿上下相嫌乎！"玄德曰："公且少留，来日回报。"是日设宴相待，留于馆舍。

至晚，与孔明商议。孔明曰："来意，亮已知道了。主公便可应允，先教孙乾和吕范回见吴侯，面许已定，择日便去就亲。"玄德曰："周瑜定计欲害刘备，岂可以身轻入危险之地？"孔明大笑曰："周瑜虽能用计，岂能出诸葛亮之料乎！略用小谋，使周瑜半筹不展，吴侯之妹，又属主公，荆州万无一失。"

玄德怀疑未决。孔明竟教孙乾往江南说合亲事。孙乾领了言语，与吕范同到江南，来见孙权。权曰："吾愿将小妹招赘玄德，并无异心。"孙乾拜谢，回荆州，见玄德，言："吴侯专候主公去结亲。"玄德怀疑不敢往。孔明曰："吾已定下三条计策，非子龙不可行也。"遂唤赵云近前，附耳言曰："汝保主公入吴，当领此三个锦囊。囊中有三条妙计，依次而行。"即将三个锦囊，与云贴肉收藏。孔明先使人往东吴纳了聘，一切完备。

时建安十四年冬十月。玄德与赵云、孙乾取快船十只，随行五百余人，离了荆州，前往南徐进发。荆州之事，皆听孔明裁处。玄德心中怏怏不安。到南徐州，船已傍岸。云曰："军师吩咐三条妙计，依次而行。今已到此，当先开第一个锦囊来看。"

于是开囊看了计策，便唤五百随行军士，一一吩咐如此如此。众军领命而去，又教玄德先往见乔国老。那乔国老乃二乔之父、孙策之丈人，居于南徐。玄德牵羊担酒，先往拜见，说吕范为媒，娶夫人之事。随行五百军士，俱披红挂彩，入南徐买办物件。传说玄德入赘东吴，城中人尽知其事。孙权知玄德已到，教吕范相待，且就馆舍安歇。

却说乔国老既见玄德，便入见吴国太贺喜。国太问："有何喜事？"乔国老曰："令爱已许刘玄德为夫人，刘玄德已到，何故相瞒？"国太惊曰："老身不知此事。"便使人请吴侯问虚实，一面先使人于城中探听。人皆回报："果有此事。女婿已在馆驿安歇。五百随行军士都在城中买猪羊果品，准备成亲。做媒的女家是吕范，男家是孙乾，俱在馆驿中相待。"国太吃了一惊。

少顷，孙权入后堂见母亲。国太捶胸大哭。权曰："母亲何故烦恼？"国太曰："你直如此将我看承得如无物。"孙权失惊曰："母亲有语明说，何苦如此？"国太曰："男大须婚，女大须嫁，古今常理。我为你母亲，事当禀命于我。你招刘玄德为婿，如何瞒我？女儿须是我的！"

权吃了一惊，问曰："哪里得这话来？"国太曰："若要不知，除非莫为。满城百姓，哪一个不知？你倒瞒我！"乔国老曰："老夫已知多日了，今特来贺喜。"权曰："非也，此是周瑜之计。因要取荆州，故将此为名，赚刘备来，拘囚在此，要他把荆州来换。若其不从，先斩刘备。此是计策，非实意也。"

国太大怒，骂周瑜曰："汝做六郡八十一州大都督，直凭无条计策去取荆州，却将我女儿为名，使美人计！杀了刘备，我女便是望门寡，明日再怎的说亲？须误了我女儿一世！你们好做作！"乔国老曰："若用此计，便得荆州，也被天下耻笑。此事如何行得！"

说得孙权默然无语。国太不住口地骂周瑜。乔国老劝曰："事已如此，刘皇叔乃汉室宗亲，不如真个招他为婿，免得出丑。"权曰："年纪恐不相当。"国老曰："刘皇叔乃当世豪杰，若招得这个女婿，也不辱了令妹。"国太曰："我不曾认得刘皇叔，明日约在甘露寺相见。如不中我意，任从你们行事；若中我的意，我自把女儿嫁他。"

孙权听母亲如此言语，随即应承，出外唤吕范，吩咐来日甘露寺方丈设宴，国太要见刘备。吕范曰："何不令贾华部领三百刀斧手，伏于两廊？若国太不喜时，一声号举，两边齐出，将他拿下。"权遂唤贾华吩咐预先准备，只看国太举动。

却说乔国老辞吴国太归，使人去报玄德，言："来日吴侯、国太亲自要见，好生在意。"玄德与孙乾、赵云商议云曰："来日此会，多凶少吉，云自引五百军保护。"

次日，吴国太、乔国老先在甘露寺方丈里坐定。孙权引一班谋士，随后都到，却教吕范来馆驿中请玄德。玄德内披细铠，外穿锦袍，从人背剑紧随，上马投甘露寺来。赵云全装惯带，引五百军随行。来到寺前下马，先见孙权。权观玄德仪表非凡，心中有畏惧之意。

二人叙礼毕，遂入方丈见国太。国太见了玄德，大喜，谓乔国老曰:"真吾婿也!"国老曰:"玄德有龙凤之姿,天日之表,更兼仁德布于天下。国太得此佳婿,真可庆也。"玄德拜谢,共宴于方丈之中。

少刻,子龙带剑而入,立于玄德之侧。国太问曰:"此是何人?"玄德答曰:"常山赵子龙也。"国太曰:"莫非当阳长坂抱阿斗者乎?"玄德曰:"然。"国太曰:"真将军也!"遂赐以酒。赵云谓玄德曰:"却才某于廊下巡视,见房内有刀斧手埋伏,必无好意。可告知国太。"玄德乃跪于国太席前,泣而告曰:"若杀刘备,就此请诛。"国太曰:"何出此言?"玄德曰:"廊下暗伏刀斧手,非杀备而何?"

国太大怒，责骂孙权："今日玄德既为我婿，即我之儿女也。何故伏刀斧手于廊下！"权推不知，唤吕范问之。范推贾华。国太唤贾华责骂。华默然无言。国太喝令斩之。玄德告曰："若斩大将，于亲不利，备难久居膝下矣。"乔国老也相劝。国太方叱退贾华。刀斧手皆抱头鼠窜而去。

玄德更衣出殿前，见庭下有一石块。玄德拔从者所佩之剑，仰天祝曰："若刘备得能够回荆州，成王霸之业，一剑挥石为两段。如死于此地，剑剁石不开。"言讫，手起剑落，火光迸溅。砍石为两段。

孙权在后面看见，问曰："玄德公如何恨此石？"玄德曰："备年近五旬，不能为国家剿除贼党，心常自恨。今蒙国太招为女婿，此平生之际遇也。恰才问天买卦，如破曹兴汉，砍断此石。今果然如此。"权暗思："刘备莫非用此言瞒我！"亦掣剑谓玄德曰："吾亦问天买卦。若破得曹贼，亦断此石。"却暗暗祝告曰："若再取得荆州，兴旺东吴，砍石为两半！"手起剑落，巨石亦开。

二人弃剑，相携入席。又饮数巡，孙乾目视玄德。玄德辞曰："备不胜酒力，告退。"孙权送出寺前，二人并立，观江山之景。玄德曰："此乃天下第一江山也！"

二人共览之次，江风浩荡，洪波滚雪，白浪掀天。忽见波上一叶小舟，行于江面上，如行平地。玄德欢曰："南人驾船，北人乘马，信有之也。"孙权闻言自思曰："刘备此言，戏我不惯乘马耳。"乃令左右牵过马来,飞身上马,驰骤下山,复加鞭上岭,笑谓玄德曰:"南人不能乘马乎?"玄德闻言,撩衣一跃,跃上马背,飞走下山,复驰骋而上。二人立马于山坡之上,扬鞭大笑。至今此处名为驻马坡。

当日二人并辔而回。南徐之民,无不称贺。

玄德自回馆驿,与孙乾商议。乾曰:"主公只是哀求乔国老早早毕姻,免生别事。"次日,玄德复至乔国老宅前下马。国老接入,礼毕,茶罢。玄德告曰:"江左之人,多有要害刘备者,恐不能久居。"国老曰:"玄德宽心。吾为公告国太,令做护持。"

玄德拜谢自回。乔国老入见国太,言玄德恐人谋害,急急要回。国太大怒曰:"我的女婿,谁敢害他!"即时便教搬入书院暂住,择日毕姻。玄德自入告国太曰:"只恐赵云在外不便,军士无人约束。"国太教尽搬入府中安歇,休留在馆驿中,免得生事。玄德暗喜。

数日之内,大排宴会,孙夫人与玄德结亲。至晚客散,两行红炬,接引玄德入房。灯光之下,但见枪刀簇满,侍婢皆佩剑悬刀,立于两旁。玄德不觉失色。管家婆进曰:"贵人休得惊惧。夫人自幼好观武事,居常令侍婢击剑为乐,故而如此。"玄德曰:"非夫人所观之事,吾甚心寒,可命暂去。"管家婆禀覆孙夫人曰:"房中摆列兵器,娇客不安,今且去之。"孙夫人笑曰:"厮杀半生,尚惧兵器乎?"命尽撤去,令侍

劉備

孫夫人

婢解剑服侍。当夜玄德与孙夫人成亲,玄德又将金帛散给侍婢,以买其心。先教孙乾回荆州报喜。自此连日饮酒。国太十分爱敬。

却说孙权差人来柴桑郡报周瑜,说:"我母亲力主,已将吾妹嫁刘备。不想弄假成真。此事还复如何?"瑜闻大惊,行坐不安,乃思一计,修密书付来人持回见孙权。权拆书视之。书略曰:

瑜所谋之事,不想反复如此。既已弄假成真,又当就此用计。刘备以枭雄之姿,有关、张、赵云之将,更兼诸葛用谋,必非久屈人下者。愚意莫如软困之于吴中,盛为筑宫室,以丧其心志,多送美色玩好,以娱其耳目。使分开关、张之情,隔远诸葛之契,各置一方,然后以兵击之，大事可定矣。

孙权看毕，以书示张昭。昭曰："公瑾之谋，正合愚意。刘备起身微末，奔走天下，未尝受享富贵。今若以华堂大厦、子女金帛令彼享用，自然疏远孔明、关、张等。使彼各生怨望，然后荆州可图也。主公可依公瑾之意而速行之。"

权大喜，即日修整东府，广栽花木，盛设器用，请玄德与妹居住。又增乐女数十余人，并金玉锦绮玩好之物。国太只道孙权好意，喜不自胜。玄德果然被声色所迷，全不想回荆州。

且说赵云与五百军在东府前住，终日无事，只去城外射箭走马。看看年终，云猛省："孔明吩咐三个锦囊与我，教我初到南徐，开第一个，住到年终，开第二个，临到危急无路之时，开第三个——于内有神出鬼没之计，可保主公回家。此时岁已将终，何不拆开第二个锦囊，看计而行？"遂拆开视之，原来如此神策。即日径到府堂，要见玄德。

侍婢报曰："赵子龙有紧急事来报贵人。"玄德唤入问之。云佯做失惊之状，曰："主公深居画堂，不想荆州耶？"玄德曰："有甚事如此惊怪？"云曰："今早孔明使人来报，说曹操欲报赤壁鏖兵之恨，起精兵五十万，杀奔荆州，甚是危急，请主公便回。"玄德曰："必须与夫人商议。"云曰："若和夫人商议，必不肯放主公回。不如休说，今晚便好起程。迟则误事。"玄德曰："你且暂退，我自有道理。"

云故意催逼数番而出。玄德入见孙夫人，暗暗垂泪。孙夫人曰："丈夫何故烦恼？"玄德曰："念备一身飘荡异乡，生不能侍奉二亲，又不能祭祀宗祖，乃大逆不孝也。今岁旦在迩，使备怏怏不已。"孙夫人曰："你休瞒我，我已听知了也。方才赵子龙报说荆州危急，你欲还乡，故推此意。"玄德曰："夫人既知，备安敢相瞒？备欲不去，使荆州有失，被天下人耻笑；欲去，又舍不得夫人，因此烦恼。"夫人曰："妾已事君，任君所之，妾当相随。"玄德曰："夫人之心，虽则如此，争奈国太与吴侯安肯容夫人去？夫人若可怜刘备，暂时辞别。"言毕，泪如雨下。孙夫人劝曰："丈夫休得烦恼。妾当苦告母亲，必放妾与君同去。"玄德曰："纵然国太肯时，吴侯必然阻挡。"孙夫人沉思良久，乃曰："妾与君正旦拜贺时，推称江边祭祖，不告而去，若何？"玄德谢曰："若如此，生死难忘。切勿泄漏！"

两个商议已定，玄德密唤赵云吩咐："正旦日，你先引军士出城，于官道等候。吾推祭祖，与夫人同走。"云领诺。

建安十五年春正月元旦，吴侯大会文武于堂上。玄德与孙夫人拜国太。孙夫人曰："夫主想父母祖宗坟墓，俱在涿郡，昼夜伤感不已。今日欲往江边，望北遥祭，须告母亲得知。"国太曰："此孝道也，岂有不从？汝虽不识舅姑，可同汝夫前去祭拜，亦见为妇之礼。"孙夫人同玄德拜谢而出。

此时只瞒着孙权。夫人乘车,只带随身一应细软。玄德上马,引数骑跟随出城,与赵云相会。五百军士前遮后拥,离了南徐,趱程而行。当日孙权大醉,左右近侍扶入后堂,文武皆散。比及众官探得玄德、夫人逃走之时,天色已晚。要报孙权,权醉不醒。及至睡觉,已是五更。

次日,孙权闻知走了玄德,急唤文武商议。张昭曰:"今日走了此人,早晚必生祸乱。可急追之。"孙权令陈武、潘璋选五百精兵,无分昼夜,务要赶上拿回。二将领命去了。孙权深恨玄德,将案上玉砚摔为粉碎。程普曰:"主公空有冲天之怒,某料陈武、潘璋必擒此人不得。"权曰:"焉敢违我令!"普曰:"郡主自幼好观武事,严毅刚正,诸将皆惧。既肯顺刘备,必同心而去。所追之将,若见郡主,岂肯下手?"

权大怒,掣所佩之剑,唤蒋钦、周泰听令,曰:"汝二人将这口剑去取吾妹并刘备头来!违令者立斩!"蒋钦、周泰领命,随后引一千军赶来。

却说玄德加鞭纵辔,趱程而行,当夜于路暂歇两个更次,慌忙起行。看看来到柴桑界首,望见后面尘头大起,人报:"追兵至矣。"玄德慌问赵云曰:"追兵既至,如之奈何?"赵云曰:"主公先行,某愿当后。"转过前面山脚,一彪军马拦住去路。当先两员大将,厉声大叫曰:"刘备早早下马受缚!吾奉周都督将令,守候多时!"原来周瑜恐玄德遁走,先使徐盛、丁奉引三千军马于冲要之处扎营等候,时常令人登高遥望，料得玄德若投旱路，必经此道而过。

当日徐盛、丁奉瞭望到玄德一行人到，各绰兵器，截住去路。玄德惊慌，勒马回问赵云曰："前有拦截之兵，后有追赶之兵，前后无路，如之奈何？"云曰："主公休慌。军师有三条妙计，多在锦囊之中。已拆了两个，并皆应验。今尚有第三个在此，吩咐遇危难之时，方可拆看。今日危急，当拆观之。"便将锦囊拆开，献与玄德。

玄德看了，急来车前泣告孙夫人曰："备有心腹之言，至此尽当实诉。"夫人曰："丈夫有何言语，实对我说。"玄德曰："昔日吴侯与周瑜同谋，将夫人招赘刘备，实非为夫人计，乃欲幽困刘备而夺荆州耳。夺了荆州，必将杀备。是以夫人

为香饵而钓备也。备不惧万死而来，盖知夫人有男子之胸襟，必能怜备，昨闻吴侯将欲加害，故托荆州有难，以图归计。幸得夫人不弃，同至于此。今吴侯又令人在后追赶，周瑜又使人于前截住，非夫人莫解此祸。如夫人不允，备请死于车前，以报夫人之德。"

夫人怒曰："吾兄既不以我为亲骨肉，我有何面目重相见乎？今日之危，我当自解。"于是叱从人推车直出，卷起车帘，亲喝徐盛、丁奉曰："你二人欲造反耶？"徐、丁二将慌忙下马，弃了兵器，声诺于车前曰："安敢造反。为奉周都督将令，屯兵在此，专候刘备。"孙夫人大怒曰："周瑜逆贼！我东吴不曾亏负你！玄德乃大汉皇叔，是我丈夫。我已对母亲、哥哥说知回荆州去。今你两个于山脚去处，引着军马拦截道路，意欲劫掠我夫妻财物耶？"

徐盛、丁奉诺诺连声，口称："不敢。请夫人息怒。这不干我等之事，乃是周都督的将令。"孙夫人叱曰："你只怕周瑜，独不怕我？周瑜杀得你，我岂杀不得周瑜？"把周瑜大骂一场，喝令推车前进。徐盛、丁奉自思："我等是下人，安敢与夫人违拗？"又见赵云十分怒气，只得把兵喝住，放条大路教过去。

恰才行不得五六里，背后陈武、潘璋赶到。徐盛、丁奉备言其事。陈、潘二将曰："你放他过去差了。我二人奉吴侯旨意，特来追捉他回去。"于是四将合兵一处，趱程赶来。

玄德正行间，忽听得背后喊声大起。玄德又告孙夫人曰："后面追兵又到，如之奈何？"夫人曰："丈夫先行，我与子龙当后。"玄德先引三百军，往江岸去了。子龙勒马于车旁，将士卒摆开，专候来将。四员将见了孙夫人，只得下马，叉手而立。夫人曰："陈武、潘璋，来此何干？"二将答曰："奉主公之命，请夫人、玄德回。"夫人正色叱曰："都是你这伙匹夫，离间我兄妹不睦！我已嫁他人，今日归去，须不是与人私奔。我奉母亲慈命，令我夫妇回荆州。便是我哥哥来，也须依礼而行。你二人倚仗兵威，欲待杀害我耶？"

骂得四人面面相觑，各自寻思："他一万年也只是兄妹，更兼国太做主，吴侯怎敢违逆母言？明日翻过脸来，只是我等不是，不如做个人情。"军中又不见玄德，但见赵云怒目睁眉，只待厮杀，因此四将诺诺连声而退。孙夫人令推车而行。徐盛曰："我四人同去见周都督告禀此事。"

四人犹豫未定，忽见一军如旋风而来。视之，乃蒋钦、周泰。二将问曰："你等曾见刘备否？"四人曰："早晨过去，已半日矣。"蒋钦曰："何不拿下？"四人各言孙夫人发话之事。蒋钦曰："便是吴侯怕道如此，封一口剑在此，教先杀他妹，后斩刘备。违者立斩。"四将曰："去之已远，怎生奈何？"蒋钦曰："他终是些步军，急行不上。徐、丁二将军可飞报都督，教水路棹快船追赶。我四人在岸上追赶。无问水旱之路，赶上杀了，休听他言语。"于是徐盛、丁奉飞报周瑜，蒋钦、周泰、陈武、潘璋四个领兵沿江赶来。

却说玄德一行人马，离柴桑较远，来到刘郎浦，心才稍宽。沿着江岸寻渡，一望江水弥漫，并无船只。玄德令赵云往前哨探船只，忽报后面尘土冲天而起。玄德登高望之，但见军马盖地而来，叹曰："连日奔走，人困马乏，追兵又到，死无地矣！"看看喊声渐近。正慌急间，忽见江岸边一字儿抛着拖篷船二十余只。赵云曰："天幸有船在此，何不速下，棹过对岸，再做区处？"

玄德与孙夫人便奔上船。子龙引五百军亦都上船。只见船舱中一人，纶巾道服，大笑而出，曰："主公恭喜！诸葛亮在此等候多时了。"船中扮作客人的，皆是荆州水军。玄德大喜。不移时，四将赶到。孔明笑指岸上人言曰："吾已算定多时矣。汝等回去传示周郎，教休再使美人局手段。"岸上乱箭射来，船已开得远了。蒋钦等四将，只好呆看。

玄德与孔明正行间，忽然江声大振。回头视之，只见战船无数。帅字旗下，周瑜自领惯战水军，左有黄盖，右有韩当，势如飞马，疾似流星。看看赶上，孔明教棹船投北岸，弃了船尽皆上岸而走，军马登程。周瑜赶到江边，亦皆上岸追袭。大小水军，尽是步行，只有为首军官骑马。周瑜当先，黄盖、韩当、徐盛、丁奉紧随。周瑜曰："此处是哪里？"军士答曰："前面是黄州界首。"望见玄德车马不远，瑜令并力追袭。

正赶之间,一声鼓响,山谷内一队刀手涌出。为首一员大将,乃关云长也。周瑜举止失措,急拨马便走。云长赶来,周瑜纵马逃命。正奔走间,左边黄忠,右边魏延,两军杀出。吴兵大败。周瑜急急下得船时,岸上军士,齐声大叫曰:"周郎妙计安天下,赔了夫人又折兵!"瑜怒曰:"可再登岸,决一死战!"黄盖、韩当力阻。瑜自思曰:"吾计不成,有何面目去见吴侯!"大叫一声,昏倒船上,众将救醒,开船逃去。孔明教休追赶,自和玄德回荆州庆喜,赏赐众将。

铜雀台比武

却说曹操掘得一铜雀,问荀攸曰:"此何兆也?"攸曰:"昔舜母梦玉雀入怀而生舜。今得铜雀,亦吉祥之兆也。"操大喜,遂命作高台以庆之。乃即日破土断木,烧瓦磨砖,筑铜雀台于漳河之上。约计一年而工毕。少子曹植进曰:"若建层台,必立三座:中间高者,名为铜雀;左边一座,名为玉龙;右边一座,名为金凤。更作两条飞桥,横空而上,乃为壮观。"操曰:"吾儿所言甚善。他日台成,足可娱吾老矣!"原来曹操有五子,唯植性敏慧,善文章,曹操平日最爱之。

到了建安十五年春,铜雀台造成,操乃大会文武于邺郡,设宴庆贺。其台正临漳河,中央乃铜雀台,左边一座名玉龙台,右边一座名金凤台,各高十丈。上横二桥相通。千门万户,金碧交辉。

是日曹操头戴嵌宝金冠,身穿绿锦罗袍,玉带珠履,凭高而坐。文武侍立台下。操欲观武官比试弓箭,乃使近侍将西川红锦战袍一领,挂于垂

曹植

129

杨枝上，下设一箭垛，以百步为界。分武官为两队：曹氏宗族俱穿红，其余将士俱穿绿。各带雕弓长箭，跨鞍勒马，听候指挥。操传令曰："有能射中箭垛红心者，即以锦袍赐之。如射不中，罚水一杯。"

号令方下，红袍队中，一个少年将军骤马而出。众视之，乃曹休也。休飞马往来，奔驰三次，扣上箭，拽满弓，一箭射去，正中红心。金鼓齐鸣，众皆喝彩。曹操于台上望见，大喜曰："此吾家千里驹也！"方欲使人取锦袍与曹休，只见绿袍队中，一骑飞出，叫曰："丞相锦袍，合让俺外姓先取，宗族中不宜搀越。"

　　操视其人,乃文聘也。众官曰:"且看文仲业射法。"文聘拈弓纵马一箭,亦中红心。众皆喝彩,金鼓乱鸣。聘大呼曰:"快取袍来!"只见红袍队中,又一将飞马而出,厉声曰:"文烈先射,汝何得争夺?看我与你两个解箭!"拽满弓,一箭射去,也中红心,众人齐声喝彩。视其人,乃曹洪也。洪方欲取袍,只见绿袍队里又一将出,扬弓叫曰:"你三人射法,何足为奇!看我射来!"众视之,乃张郃也。郃飞马翻身,背射一箭,也中红心。四支箭,齐齐地攒在红心里。众人都道:"好射法!"郃曰:"锦袍合该是我的!"

　　言未毕,红袍队中一将飞马而出,大叫曰:"汝翻身背

射,何足称异!看我夺射红心!"众视之,乃夏侯渊也。渊骤马至界口,扭回身一箭射去,正在四箭当中。金鼓齐鸣。渊勒马按弓大叫曰:"此箭可夺得锦袍么?"只见绿袍队里,一将应声而出,大叫:"且留下锦袍与我徐晃!"渊曰:"汝何更有射法,可夺我袍?"晃曰:"汝夺射红心,不足为异。看我单取锦袍!"拈弓搭箭,遥望柳条射去,恰好射断柳条,锦袍坠地。徐晃飞取锦袍,披于身上,骤马至台前声诺曰:"谢丞相袍!"

曹操与众官无不称羡。晃才勒马要回,猛然台边跃出一个绿袍将军,大呼曰:"你将锦袍哪里去!早早留下与我!"众视之,乃许褚也。晃曰:"袍已在此,汝何敢强夺!"褚更不回答,竟飞马来夺袍。两马相近,徐晃便把弓打许褚。褚一手按住弓,把徐晃拖离鞍子。晃急弃了弓,翻身下马,褚亦下马,两个揪住厮打。操急使人解开,那领锦袍已是扯

得粉碎。

操令二人都上台。徐晃睁眉怒目,许褚切齿咬牙,各有相斗之意。操笑曰:"孤特视公等之勇耳。岂惜一锦袍哉?"便教诸将尽都上台,各赐蜀锦一匹。诸将个个称谢。

操命各依位次而坐。乐声竞奏,水陆并陈。文官武将轮次把盏,献酬交错。操顾谓众文官曰:"武将既以骑射为乐,足显威勇矣。公等皆饱学之士,登此高台,可不进佳章以记一时之胜事乎?"众官皆躬身而言曰:"愿从钧命。"

　　时有王朗、钟繇、王粲、陈琳一班文官，进献诗章，诗中多有称颂曹操功德者。曹操逐一览毕，大喜，连饮数杯，不觉沉醉，唤左右捧过笔砚，亦欲作铜雀台诗。刚才下笔，忽报："东吴使华歆表奏刘备为荆州牧，孙权以妹嫁刘备，汉上九郡大半已属备矣。"操闻之，手脚慌乱，投笔于地。程昱曰："丞相在万军之中，矢石交攻之际，未尝动心；今闻刘备得了荆州，何故如此失惊？"操曰："刘备，人中之龙也，生平未尝得水。今得荆州，是困龙入大海矣。孤安得不动心哉？"程昱曰："丞相知华歆来意否？"操曰："未知。"昱曰："孙权本忌刘备，欲以兵攻之，但恐丞相乘

虚而击,故令华歆为使,表荐刘备。乃安备之心,以塞丞
相之望耳。"

　　操点头曰:"是也。"昱曰:"某有一计,使孙、刘自相吞
并,丞相乘间图之,一鼓而二敌俱破。"操大喜,遂问其计。
程昱曰:"东吴所倚者,周瑜也。丞相今表奏周瑜为南郡太
守,程普为江夏太守,留华歆在朝重用之,瑜必自与刘备为
仇敌矣。我乘其相并而图之,不亦善乎?"操曰:"仲德之言,

正合孤意。"遂召华歆上台，重加赏赐。当日筵散，操即引文武回许昌，表奏周瑜为南郡太守，程普为江夏太守。封华歆为大理寺卿，留在许都。

猛张飞义释严颜

话说刘玄德带领兵马进取西川，既得了涪水关，便往雒城而去。刘璋闻知，即令张任、刘璝、泠苞、邓贤四将，点五万大军星夜往守雒城，以拒刘备。

刘备遂令黄忠、魏延迎战，斩了邓贤、泠苞，复自与军师庞统分路进兵。却不料庞统兵到落凤坡，被张任乱箭射死。刘备败绩，只得收军奔回涪水关，当下修书差关平往荆州请诸葛亮来商议收川之计。

孔明接了信，把荆州托关云长保守，遂与了印绶，令文官马良、伊籍、向朗、糜竺，武将糜芳、廖化、关平、周仓，一班儿辅佐云长，同守荆州。一面亲自统兵入川。先拨精兵一万，教张飞部领，取大路杀奔巴州、雒城之西，先到者为头功；又拨一支兵，教赵云为先锋，溯江而上，会于雒城。孔明随后引简雍、蒋琬等起行。那蒋琬字公琰，零陵湘乡人也，乃荆襄名士，现为书记。

严颜

当日孔明引兵一万五千，与张飞同日起行。张飞临行时，孔明嘱咐曰："西川豪杰甚多，不

可轻敌。于路戒约三军,勿得掳掠百姓,以失民心。所到之处,并宜存恤,勿得恣意鞭挞士卒。望将军早会雒城,不可有误。"

张飞欣然领诺,上马而去,迤逦前行。所到之处,但降者秋毫无犯,径取汉川路,前至巴郡。细作回报:"巴郡太守严颜,乃蜀中名将,年纪虽高,精力未衰,善开硬弓,使大刀,有万夫不当之勇,据住城郭,不竖降旗。"张飞教离城十里下寨,差人入城去:"说与老匹夫,早早来降,饶你满城百姓性命！若不归顺，即踏平城郭，老幼不留！"

却说严颜在巴郡，闻玄德据住涪关，大怒，屡欲提兵往战，又恐这条路上有兵来。当日闻知张飞兵到，便点起本部五六千人马，准备迎敌。或献计曰："张飞在当阳长坂，一声喝退曹兵百万之众。曹操亦闻风而避之，不可轻敌。今只宜深沟高垒，坚守不出。彼军无粮，不过一月，自然退去。更兼张飞性如烈火，专要鞭挞士卒，如不与战，必怒，怒则必以暴戾之气待其军士。军心一变，乘势击之，张飞可擒也。"

严颜从其言，教军士尽数上城守护。忽见一个军士，大叫："开门！"严颜教放入问之。那军士告说是张将军差来

的,把张飞言语依直便说。严颜大怒,骂:"匹夫怎敢无礼!吾严将军岂降贼者乎?借你口说与张飞!"唤武士把军士割下耳鼻,却放回寨。

军人回见张飞,哭告严颜如此毁骂。张飞大怒,咬牙睁目,披挂上马,引数百骑来巴郡城下搦战。城上众军百般痛骂。张飞性急,几番杀到吊桥,要过护城河,又被乱箭射回。到晚全无一个人出,张军忍一肚气还寨。次日早晨,又引军去搦战。那严颜在城敌楼上,一箭射中张飞头盔。飞指而恨曰:"吾拿住你这老匹夫,决不饶你!"到晚又空回。

第三日,张飞引了军,沿城去骂。原来那座城子是个山城,周围都是乱山。张飞自乘马登山,下视城中。见军士尽皆披挂,分列队伍,伏在城中,只是不出。又见民夫来来往往,搬砖运石,相助守城。张飞教马军下马,步军皆坐,引他出敌,并无动静。又骂了一日,依旧空回。

张飞在寨中,自思:"终日叫骂,彼只不出,如之奈何?"猛然思得一计,教众军不要前去搦战,都结束了在寨中等候,却只教三五十个军士,直去城下叫骂,引严颜军出来,便与厮杀。张飞摩拳擦掌,只等敌军来。小军连骂了三日,全然不出。

张飞眉头一皱,又生一计,传令教军士四散砍打柴草,寻觅路径,不来搦战。严颜在城中,连日不见张飞动静,心中疑惑,差十数个小军,扮作张飞砍柴的军,潜地出城,杂在军内,入山中探听。

当日诸将回寨。张飞坐在寨中,顿足大骂:"严颜老匹夫气煞我!"只见帐前三四个人说道:"将军无须心焦。这几日打探得一条小路,可以偷过巴郡。"张飞故意大叫曰:"既有这个去处,何不早来说?"众应曰:"这几日却才哨探得出。"张飞曰:"事不宜迟,只今夜二更造饭,趁三更明月,拔寨都起,人衔枚,马去铃,悄悄前进,我自前面开路,汝等依次而行。"传了令,便满寨报告。

探事的军，听得这个消息，尽回城中来，报与严颜。颜大喜曰："我算定这匹夫忍耐不得！你偷小路过去，须是粮草辎重在后，我截住后路，你如何得过？好无谋匹夫，中我之计！"即时传令，教军士准备赴敌："今夜二更造饭，三更出城，伏于树木丛杂去处。只等张飞过咽喉小路去了，车仗来时，只听鼓响，一齐杀出。"传了号令，看看近夜，严颜全军尽皆饱食，披挂停当，悄悄出城，四散伏住，只听鼓响，严颜自引十数裨将，下马伏于林中。

约三更后，遥望见张飞亲自在前，横矛纵马，悄悄引军前进。去不得三四里，背后车仗人马，陆续进发。严颜看得分晓，一齐擂鼓，四下伏兵尽起。正来抢夺车仗，背后一声锣响，一彪军掩到，大喝："老贼休走！我等得你恰好！"

严颜猛回头看时，为首一员大将，豹头环眼，燕颌虎须，

使丈八矛，骑深乌马，乃是张飞。四下里锣声大震，众军杀来。严颜见了张飞，举手无措。交马战不十合，张飞卖个破绽，严颜一刀砍来，张飞闪过，撞将入去，扯住严颜勒甲绦，生擒过来，掷于地下。众军向前，用索绑缚住了。原来先过去的是假张飞。料到严颜击鼓为号，张飞却教鸣金为号，金响，诸军齐到。川兵大半弃甲倒戈而降。

张飞杀到巴郡城下，后军已自入城。张飞叫"休杀百姓"，出榜安民。群刀手把严颜推至。飞坐于厅上，严颜不肯跪下。飞怒目咬牙，大叱曰："大将到此，为何不降，而敢拒敌？"严颜全无惧色，回叱飞曰："汝等无义，侵我州郡！但有断头将军，无降将军！"飞大怒，喝左右斩来。严颜喝曰：

"贼匹夫！要砍便砍，何怒也？"

张飞见严颜声音雄壮，面不改色，乃回嗔作喜，下阶叱退左右，亲解其缚，取衣衣之，扶在正中高坐，低头便拜曰："适来言语冒渎，幸勿见责。吾素知老将军乃豪杰之士也。"严颜感其恩义，乃降。

张飞便请问入川之计。严颜曰："从此取雒城，凡守御关隘，都是老夫所管，官军皆出于掌握之中。今感将军之恩，无可以报，老夫当为前部，所到之处，尽唤出拜降。"

张飞称谢不已。于是严颜为前部，张飞领军随后。凡到之处，尽是严颜所管，都唤出投降。有迟疑未决者，颜曰："我尚且投降，何况汝乎？"自是望风归顺，并不曾厮杀一场。

金雁桥

话说刘备进取西川，到了雒城附近，为张任、刘璝所败，遂差人往荆州请诸葛孔明。孔明当下先教张飞取大路杀奔巴州雒城之西，又教赵云为先锋，溯江而上，会于雒城，自己随后统兵入川。一面将起程日期申报玄德，教都会聚雒城。

玄德闻信以后，乃与众官商议："今孔明、翼德分两路取川，会于雒城，同入成都。水陆舟车，已于七月二十日起程，此时将及待到。今我等便可进兵。"黄忠曰："张任每日来搦战，见城中不出，彼军懈怠，不做准备。今日夜间分兵劫寨，胜如白昼厮杀。"

玄德从之，教黄忠引兵取左，魏延引兵取右，玄德取中路。当夜二更，三路军马齐发。张任果然不做准备，汉军涌入大寨，放起火来，烈焰腾空。蜀兵奔走。连夜赶到雒城，城中兵接应入去。玄德还中路下寨，次日引兵直到雒城，围住攻打。张任按兵不出，攻到第四

张任

日，玄德自提一军，攻打西门，令黄忠、魏延在东门攻打，留南门、北门，放军兵行走。原来南门一带都是山路，北门有涪水，因此不围。张任望见玄德在西门，骑马往来，指挥打城，从辰至未，人马渐渐力乏。张任教吴兰、雷铜二将引兵出北门，转东门，敌黄忠、魏延；自己却引军出南门，转西门，单迎玄德。城内尽拨民兵上城，擂鼓助喊。

却说玄德见红日平西，教后军先退。军士方回身，城上一片声喊起，南门内军马突出。张任径来军中捉玄德。玄德军中大乱，黄忠、魏延又被吴兰、雷铜敌住，两下不能相顾。玄德敌不住张任,拨马往山僻小路而走。张任从背后追来,看看赶上。玄德独自一人一马,张任引数骑赶来。

玄德正往前尽力加鞭而行,忽山路一军冲出。玄德马上叫苦曰:"前有伏兵,后有追兵,天亡我也!"只见来军当头一员大将,乃是张飞。原来张飞与严颜正从那条路上来,望见尘埃起,知与川兵交战。张飞当先而来,正撞着张任,便就交马。战到十余合,背后严颜引兵大进。张任火速回身。张飞直赶到城下。张任退入城,拽起吊桥。

张飞回见玄德曰:"军师溯江而来,尚且未到,反被我夺了头功。"玄德曰:"山路险阻,如何无军阻挡,长驱大进,先到于此?"张飞曰:"于路关隘四十五处,皆出老将严颜之功,因此一路并不曾费分毫之力。"遂把义释严颜之事,从头说了一遍,引严颜见玄德。玄德谢曰:"若非老将军,吾弟安能

到此?"即脱身上黄金锁子甲以赐之。严颜拜谢。

正待安排宴饮,忽闻哨马回报:"黄忠、魏延和川将吴兰、雷铜交锋,城中吴懿、刘璝又引兵助战,两下夹攻,我军抵敌不住,魏、黄二将败阵投东去了。"

张飞听得,便请玄德分兵两路,杀去救援。于是张飞在左,玄德在右,杀奔前来。吴懿、刘璝见后面喊声起,慌退入城中。吴兰、雷铜只顾引兵追赶黄忠、魏延,却被玄德、张飞截住归路。黄忠、魏延又回马转攻。吴兰、雷铜料敌不住,只得将本部军马前来投降。玄德准其降,收兵近城下寨。

却说张任失了二将，心中忧虑。吴懿、刘璝曰："兵势甚危，不决一死战，如何得退兵？一面差人去成都见主公告急，一面用计敌之。"张任曰："吾来日领一军搦战，诈败，引转城北，城内再以一军冲出，截断其中，可获胜也。"吴懿曰："刘将军相辅公子守城，我引兵冲出助战。"约会已定。

次日，张任引数千人马，摇旗呐喊，出城搦战。张飞上马出迎，更不打话，与张任交锋。战不十余合，张任诈败，绕城而走。张飞尽力追之。吴懿一军截住，张任引军复回，把张飞围在垓心，进退不得。

正没奈何，只见一队军从江边杀出。当先一员大将，挺枪跃马，与吴懿交锋，只一合，生擒吴懿，战退敌军，救出张飞。视之，乃赵云也。飞问："军师何在？"云曰："军师已至，想此时已与主公相见了也。"

二人擒吴懿回寨。张任自退入东门去了。张飞、赵云回寨中，见孔明、简雍、蒋琬已在帐中。飞下马来参军师。孔明惊问曰："如何得先到？"玄德具述义释严颜之事。孔明贺曰："张将军能用谋，皆主公之洪福也。"

赵云解吴懿见玄德。玄德曰："汝降否？"吴懿曰："我既被捉，如何不降？"玄德大喜，亲解其缚。孔明问："城中有几人守城？"吴懿曰："有公子刘循，辅将刘璝、张任。刘璝不打

紧,张任乃蜀郡人,极有胆略,不可轻敌。"孔明曰:"先捉张任,然后取雒城。"问:"城东这座桥名何桥?"吴懿曰:"金雁桥。"

孔明遂乘马至桥边,绕河看了一遍,回到寨中,唤黄忠、魏延听令曰:"离金雁桥南五六里,两岸都是芦苇,可以埋伏。魏延引一千枪手伏于左,单戳马上将;黄忠引一千刀手伏于右,单砍坐下马。杀散彼军,张任必投山东小路而来。张翼德引一千军伏在那里,就彼处擒之。"又唤赵云伏于金雁桥北:"待我引张任过桥,你便将桥拆断,却勒兵于桥北,遥为之势,使张任不敢往北走,退投南去,却好中计。"调遣已定,军师自去诱敌。

却说刘璋差卓膺、张翼二将,前至雒城助战。张任教张翼与刘璝守城，自与卓膺为前后二队——任为前队，膺为后队——出城退敌。孔明引一队不整不齐军，过金雁桥来，与张任对阵。孔明乘四轮车，纶巾羽扇而出，两边百余骑簇拥，遥指张任曰："曹操以百万之众，闻吾之名，望风而逃。今汝何人，敢不投降！"

张任看见孔明军伍不齐，在马上冷笑曰："人说诸葛亮用兵如神，原来有名无实！"把枪一招，大小军校齐杀过来。孔明弃了四轮车，上马退走过桥。张任从背后赶来。过了金雁桥，见玄德军在左，严颜军在右，冲杀将来。张任知是计，急回军时，桥已拆断了。欲投北去，只见赵云一军隔岸排开，遂不敢投北，径往南绕河而走。

走不到五七里，早到芦苇丛杂处。魏延一军从芦中忽起，都用长枪乱戳。黄忠一军伏在芦苇里，用长刀只砍马

蹄。马军尽倒，皆被执缚，步军哪里敢来？张任引数十骑往山路而走，正撞着张飞。张任方欲退走，张飞大喝一声，众军齐上，将张任活捉了。原来卓膺见张任中计，已投赵云军前降了，一发都到大寨。

　　玄德赏了卓膺，张飞解张任至。孔明亦坐于帐中。玄德谓张任曰："蜀中诸将，望风而降，汝何不早投降？"张任睁目怒叫曰："忠臣岂肯事二主乎？"玄德曰："汝不识天时耳。降即免死。"任曰："今日便降，久后也不降！可速杀我！"玄德不忍杀之。张任厉声高骂。孔明命斩之，以全其名。玄德感叹不已，令收其尸首，葬于金雁桥侧，以表其忠。

次日,令严颜、吴懿等一班蜀中降将为前部,直至雒城,大叫:"早开门受降,免一城生灵受苦!"刘璝在城上大骂。严颜方待取箭射之,忽见城上一将,拔剑砍翻刘璝,开门投降。玄德军马入雒城。刘循开西门走脱,投成都去了。玄德出榜安民。杀刘璝者,乃武阳人张翼也。